Кукушкины слезы

и другие рассказы

Алексей Будищев

СОДЕРЖАНИЕ

КУКУШКИНЫ СЛЕЗЫ

Валентина Михайловна, кутаясь в пуховый платок и держа на руках толстого кота Гри—Гри, вышла в сад. Она трое суток спала, не раздеваясь, ухаживая за больным сыном, и ужасно устала. Её кости ломят в суставах точно от ревматизма, и во всем теле, кажется, нет ни одного здорового местечка; все болит, ноет и тоскует. Валентина Михайловна прошла по садовой дорожке и у стола опустилась на скамейку неподалеку от круглого озера, лежавшего между садом и огородом. Было тихо; поверхность озера лежала, не шевелясь, и розовая тучка, отражавшаяся в его водах, точно накрывала озеро розовой кисеею. Левый отвесный берег озера — жирный и ноздреватый, как кокс, просачивал воду, падавшую тяжелыми каплями; казалось, вся эта черная и жирная стена была насыщена водою, как губка. Вечер был тихий и ясный. Клейкий молодой листок берез не шевелился. Валентина Михайловна сидела на скамейке, смотрела на озеро и думала; "Неужели Светик умрет? Это будет ужасно. Неужели Бог так несправедлив!" Она вздохнула и шевельнула коленами, поправляя дремавшего на них кота. Кот щурил глаза и делал носом "гри—гри". Казалось, он был до того влюблен в себя, что повторять свое собственное имя доставляло ему громадное удовольствие. Хозяйка почесала у него за ухом. Валентине Михайловне лет 45. Она полна и, вероятно, когда—то была очень недурна собою; а теперь она, пожалуй, даже безобразна. Кожа её лица от неумеренного употребления всевозможных косметик сплошь сведена в мелкие морщинки и пожелтела. Подзобок под её маленьким подбородком тоже желт И весь покрыт бугорками, как шагреневая кожа.

"Если Светик умрет, — подумала она, — у меня никого не останется. Никого".

Она вздохнула и поднесла надушенный платочек к глазам с припухшими веками и затем к правильному с небольшой горбинкой носику, слегка сдавленному возле ноздрей. Валентина Михайловна смахнула с ресницы слезинку и снова подумала: "Нет, Бог несправедлив. Завтра Пасха, а у меня умирает любимейший сын. Ах, как это тяжело! Главное, в этой трущобе не достанешь даже порядочного доктора. Александр Иваныч плох, но и того утащили куда—то за 50 верст. Вторые сутки сидишь без всякой помощи. Чего доброго и сама расхвораешься!"

Валентина Михайловна снова вздохнула и стала глядеть на озеро. Тучка, накрывавшая его поверхность как бы розовой кисеей, коробилась и темнела. На березе закуковала кукушка. Соловей пустил из куста акации две ноты, затем замолчал, подумал и перелетел на ту сторону озера. Ветерок тянул лениво и пах цветами и водой.

Пасха в этом году была поздняя. Кукушка закуковала в страстную пятницу, а соловей запел на Лазареву субботу; он дебютировал в вишневом кусту, но оттуда быль выгнан котом Гри—Гри. На следующий день соловья слышали уже на огороде в бузине, по ту сторону озера; но и там ему не дал покою повар, который непременно хотел его изловить, чтобы подучить кое—каким, известным только повару коленцам и затем продать купцу Тарасьеву за 25 рублей или, в крайнем случае, выменять его на флейту.

Валентина Михайловна куталась в платок и продолжала смотреть на озеро. Внезапно за березами она услышала шорох; она повернула голову и увидала там своего второго сына Диодора или, как она его называла, Дидика. Дидик держал в одной руке пращу, сшитую из сыромятной кожи, а другой поддерживал подол серой куртки, наполненный мелкими камешками, Валентина Михайловна поняла, что мальчик подкрадывался к соловью, чтобы убить его камешком. Дидику 12 лет, он на два года моложе Светика, но ужасно не развит; он почти идиот и, кроме того, ужасно зол. Его любимое развлечение — бить пращой голубей или травить собаками Гри—Гри. Он хитёр, злопамятен и ненавидит свою мать. Читать его выучили с трудом, считать он умел только до семи, но, однако, у него хватает уменья и терпенья вытачивать из осколков дикаря камешки, удобные для метания пращой. Валентина Михайловна увидела сына, и её сердце охватила неприязнь к этому скверному мальчишке.

— Дидик! — позвала она, поднимаясь со скамейки.

Однако. Дидик не пошел на зов, а залег в рыжие кусты орешника. Он пополз, как кошка, чтобы обогнуть озеро и, выскочив к огороду, обмануть таким образом мать. Но Валентина Михайловна разгадала маневр сына, побежала на цыпочках наперерез, ринулась в кусты и, прежде чем Дидик успел приготовиться к обороне, поймала его за ухо.

— Вставай, негодный мальчишка! — крикнула она, краснея от негодования: — ты опять хочешь охотиться за соловьем! Вставай, негодная злюка!

Валентина Михайловна, выпустив Гри—Гри, дергала сына за ухо, приподнимая его с земли. Дидик пыхтел и отдувался. Его жесткие, стриженые волосики, покато сбегавшие от темени к низкому и мясистому лбу, казалось, стали еще жестче и как бы щетинились. В глазах Дидика горела злоба и непримиримая ненависть. Он пыхтел и тряс головою, пытаясь высвободить ухо из цепких пальцев матери, несмотря на то, что эти попытки причиняли ему нестерпимую боль.

— Мерзкая злюка! — кричала Валентина Михайловна, задыхаясь от гнева.

Она схватила Дпдика за талию, перевернула головой к своим коленям и стала хлопать ладошкой по его серым панталонам. Её рука затекла, горела и ломила, и это еще более сердило Валентину Михайловну.

— Вот тебе, вот тебе, — шептала она, красная, как кумач.

Кукушка снялась с ближней березы и пересела дальше. Дидик пыхтел и отдувался, но не выпускал из рук пращи. Камешки рассыпались из подола его куртки, но он не сожалел об этом: такими камешками были полны оба кармана его панталон. Наконец, Дидик сделал невероятные усилия, побагровел, затряс головой и плечами и высвободился из рук матери. Он пустился бегом за озеро, поправляя сбитый на бок кушак. Возле огорода он остановился. Его правое ухо краснело, как побитый морозом лист коневника, и было значительно больше левого. Он глядел на мать и оправлял съехавшие панталоны.

— Я буду тебя сечь ежедневно! — крикнула ему Валентина Михайловна, еще взволнованная и красная.

— А я, — отвечал Дидик, — затравлю твоего Гри—Гри собаками. Ведь я знаю что это ты сожгла мой самострел вчера ночью...

Он вложил в пращу камешек, повертел ею над головой и, приподняв колено, пустил камень на огороды. Камень свистнул. Дидик с хохотом побежал вслед за ним.

"Боже мой, что только из него вырастет", подумала Валентина Михайловна, вздохнула и, приняв на руки толстого Гри—Гри, тихо направилась к скамейке. "Почему такая несправедливость, — думала она, опускаясь на прежнее место: — Светик, которого я так люблю, умирает, а Дидик, этот злой идиотик, жив и, кажется, день ото дня здоровеет!"

Валентина Михайловна глядела на озеро. Розовая тучка, застилавшая его поверхность, постепенно темнела, как бы прогорая и покрываясь пеплом. Клейкие листья берез не шевелились. Становилось прохладней. На березе уныло куковала кукушка. Гри—Гри, пригретый на коленях Валентины Михайловны, мурлыкал, точно выговаривая свое имя. Запад темнел. Валентина Михайловна смотрела на огороды, где скрылся Дидик, и думала: "Дидик — несчастие моей жизни. Он ненавидит меня, и я его положительно боюсь. Что из него вырастет, что из него вырастет? Он идиот — это ясно; он зол, как животное, и питает ко мне непримиримую ненависть, точно за то, что я родила его таким глупым. Сегодня утром он гонялся с пращой за Гри—Гри. Ему доставляет наслаждение мучить животных, а Гри—Гри он ненавидит, как будто, за то, что я к нему привязана. Вообще, в этом мальчике заключены положительно все пороки. Это не то, что мой милый и добрый Светик!" Валентина Михайловна вспомнила о больном сыне и поднесла к глазам платок.

Дидика она не любит, может быть, еще вследствие того, что его появление на свет послужило поводом к её разрыву с мужем. Муж узнал об её измене, как раз незадолго до рождения Дидика. Валентина Михайловна и теперь хорошо помнит эту скандальную историю, о которой так много говорили в городе. Впрочем, с мужем она не развелась, а только разъехалась, — уехала за границу.

Двенадцать лет мелькнуло, как одно мгновение. Жизнь прошла каким—то котильоном, где дамы выбирают кавалеров для одного тура. Было весело, смешно и хорошо. А главное, некогда было думать. Последним увлечением Валентины Михайловны был португальский еврей, который бросил ее после двухнедельного романа, взяв у неё взаймы пять тысяч. Валентина Михайловна поняла, что она состарилась и что никакая химическая кухня ей более не поможет. И тут она вспомнила о детях. Ей хотелось хоть к чему—нибудь прилепить свое существование, никому более ненужное. И она вошла в детскую. Однако, там ожидало ее мало радостей. Старший сын, Светик, оказался мальчиком донельзя болезненным, а второй, Дидик, идиотом. Она забрала детей и уехала в деревню.

Валентина Михайловна вздрогнула. По садовой дорожке прямо к её скамейке бежала, помогая себе локтями, горничная. Она остановилась в нескольких шагах от барыни и, еле переводя дух, проговорила:

— Пожалуйте Валентина Михайловна, в горницу. Священник приехали приобщать Святослава Дмитрича, но только поздно. Святослав Дмитрич сейчас скончались.

Валентина Михайловна едва не упала со скамейки. Ей показалось, что кто—то больно ударил ее кулаком под сердце и закачал под нею скамейку. Она зашевелила губами, шепча непонятные речи; потом все её лицо сморщилось, и она горько заплакала. Валентина Михайловна пробовала стать на ноги, но ноги отказывались служить ей. Она показалась себе самой убитой горем старухой — дряхлой, беспомощной и безобразной, и заплакала еще горше, тщетно перебирая ногами и силясь подняться со скамейки. Горничная увидела её усилия и бросилась к ней на помощь Она обняла полный стан Валентины Михайловны, приподняла ее и, с трудом поддерживая, повела в дом. Упавший с колен Гри—Гри скрылся где—то в саду. Валентина Михайловна плакала, припадая лицом к круглому плечу горничной, и думала: "Господи Боже, все ушло, провалилось в какую—то бездну: и молодость, и здоровье, и красота, и Светик. Господи, за что такое наказание! Мне страшно. Я боюсь жить в одном доме с Дидиком. Он ненавидит меня и когда—нибудь застрелит своей пращой!" Валентина Михайловна горько всхлипывала и вытирала свое мокрое лицо о круглое плечо горничной.

Когда она вошла в спальню к Светику, мальчик лежал уже без признаков жизни, с восковым личиком и полураскрытыми бескровными губками. Его зубы, мелкие и ровные, слегка посинели, а вместо его серых глаз, кротких и любящих, темнели две медных монетки. Старушка—няня сидела у изголовья своего любимца, смотрела на его вздёрнутые кверху плечики и плакала. Крупные слезы бежали из её глаз к углу рта и падали с подбородка на платье. Валентина Михайловна поцеловала холодный лобик сына и, внезапно разрыдавшись, припала к его тонким ножкам.

7

— У меня все отнято, все, — шептала она, встряхивая плечами, — я одна, одна, одна. Все бросили, все забыли...

Нянюшке с трудом удалось оттащить ее от мертвых ножек Светика.

Валентина Михайловна несколько успокоилась и пошла в приемную к священнику. По дороге она вспомнила, что лицо её не напудрено, и, вероятно, она выглядит очень безобразной. Она хотела было вернуться к туалету, но внезапно решила, что теперь уже все равно. Пусть будет, что будет. Ей казалось, что кто—то сильно и незаслуженно обидел ее, и она геройски подчиняется несправедливому наказанию,

— Пусть будет, что будет, — прошептала она и отворила дверь приёмной.

Священник оказался пожилым человеком в темной ряске. Сзади он показался Валентине Михайловне похожим на кисетик, в которых вешают на елку конфеты. От него пахло деревянным маслом и камфарой, которой, кажется, были заткнуты его уши. Его бородка загибалась кверху, а падавшие ниже затылка волосы — книзу, Он вздыхал, потирал руки, поглядывал в потолок и говорил, что все в руках Божьих. Светика он обещал хоронить на второй день Пасхи, а с образами намеревался прийти завтра, в 12 час.

Затем священник полюбопытствовал о жизни за границей и осведомился, много ли можно проиграть в вечер в рулетку, если каждый раз ставить по пятиалтынному. Потом он слегка коснулся политики и сообщил, что с весьма большим любопытством читал сочинения Стэнли, но что ему неизвестно, жив ли сей натуралист и поныне.

Валентина Михайловна отвечала, что Стэнли она не знает, но зато от Фламмариона у неё есть подарок: книга с его подписью. Она даже сходила в кабинет и принесла эту книгу. Священник долго рассматривал любопытную подпись популярного учёного и затем сообщил Валентине Михайлович, что у них в семинарии был один ученик, который тоже весьма наглядно доказывал что дважды два пять. А Валентина Михайловна, в свою очередь, рассказала священнику, что у неё был знакомый зуав, у которого были почти синие волосы. После этого она внезапно вспомнила, что у её Светика теперь вместо глаз медные копейки, и расплакалась. Священник пробовал утешать ее и затем откланялся. Валентина Михайловна вышла за ним на крыльцо. На дворе уже совершенно стемнело и хмурые тучки затащили все небо. Священник сел в плетеную таратайку и снова показался Валентине Михайловне похожим на кисет с конфетами. Она проводила его глазами и продолжала стоять на крыльце. И в эту минуту она услышала на дворе неистовые крики Дидика и исступлённый лай собак. Сердце её упало; она бросилась с крыльца и завернула за угол дома. Там представилась ей такого рода картина. По двору бежал, поставив хвост мачтой, её любимец Гри—Гри, преследуемый двумя дворовыми собаками, а за собаками, неистово улюлюкая и размахивая пращой, скакал красный и возбуждённый Дидик. Валентина Михайловна, не помня себя, схватила первую попавшуюся ей хворостину и бросилась на выручку к своему любимцу. Она отогнала разгоряченных охотой собак, схватила Гри—Гри на руки и, потрясая хворостиной, ринулась на Дидика; она долго бегала за ним кругом кухни, но Дидик весьма ловко увертывался от преследования и, наконец, укрылся за людские избы, Оттуда он крикнул матери:

— А все—таки я затравлю когда—нибудь твоего Гри—Гри собаками!

Валентина Михайловна вернулась в дом и проплакала целый вечер у окна, лаская жирную спину кота. Она боялась оставить его без призора. Она плакала, вытирала глаза платком и думала: "Из Дидика вырастем какой—то изверг. Это не мальчик, а хищный зверек. Я и теперь боюсь спать с ним в одном доме. Ах, чем все это кончится, чем все это кончатся!"

Валентина Михайловна лежала полураздетая в постели, плакала, прислушивалась к кукованью кукушки, засыпала и думала: "Ах, я одна, одна, всеми покинутая!" Потом она увидела зуава с синими волосами; зуав целовал у неё руки и говорил ей, что у них в семинарии был один ученик, который умел доказывать, что дважды два пять Затем Валентина Михайловна с ужасом увидела, что вместо рук у неё жёлтые, как у кукушки, крылья. Вместе с тем, зуав внезапно превратился в Дидика и стал показывать ей язык, обещая затравить собаками её Гри—Гри.

Валентина Михайловна проснулась в сильнейшем испуге и открыла глаза. В комнате было темно, а на её постель кто—то лез, дрожа и всхлипывая. Она узнала Дидика и испугалась еще более. Внезапно ей пришло в голову, что Дидик хочет застрелить ее пращой. Она припала к стене, холодея от страха. Между тем, Дидик ловил ее за руки, дрожал всем телом, всхлипывал и говорил, что Светика положили на стол и зажгли перед ним свечи. Оп сейчас видел его в спальне. Вместо глаз у него две денежки, и какой—то незнакомый человек что—то читает ему из толстой книги.

Валентина Михайловна взяла перепуганного сына за руку и отвела его в детскую. Потом она возвратилась к себе и услышала, что в её спальне пахнет смертью. Она улеглась в постель и подумала, что нужно было бы поставить лед под столом, на котором лежит Светик. При этом ей пришло в голову, что если бы она ставила на ночь к себе под постель лед, то, может быть, она лучше сохранилась бы до настоящего времени и смотрела бы моложавей. После этого Валентина Михайловна снова вспомнила о Светике и расплакалась. Светик умер и оставил ее одну — старую, беспомощную и никому ненужную. И тут до её слуха долетели подавленный рыдания. Она приподнялась, прислушалась и поняла, что это плачет Дидик из жалости к умершему брату, а, может быть, от мучительного страха смерти Она долго слушала его горькие и беспомощные рыдания, странно, звучавшие среди мрака тихих комнат, и вдруг встала и пошла босыми ногами по холодному полу, вся взволнованная и потрясенная. Внезапно она поняла, что сын её страдает так же, как и она, и что он так же, как и она, одинок.

Когда она села на постель сына, тот вцепился в нее руками и припал к её плечу мокрым лицом. Он плакал, дрожал и говорил ей, что Светик стал деревянным.

Мать обхватила сына руками, как утопающий хватается за ивовый прутик, и легла с ним в постель, плача и коченея от холода. Они плакали рядом долго и горько, прижимаясь друг к другу и вздрагивая. Внезапно пред ужасом одиночества они оба почувствовали свою близость друг к другу. И им обоим стало легче.

Валентина Михайловна проснулась поздно, вся разбитая и с головной болью. В её комнату врывались медные звуки пасхального трезвона. Звуки бились о стены, как птицы, случайно залетевшие в комнату и ищущие выхода. Валентина Михайловна подошла к окну. Весь двор был залит лучами солнца, а на дворе толпились мужики в красных рубахах и нанковых поддевках. Головы мужиков были обнажены и их жирно смазанные маслом волосы лоснились на солнце. Мужики держали в руках образа и пели "Христос воскресе". Дидик вертелся около них с пращой в руках и с любопытством разглядывал образа. Валентина Михайловна поняла, что это пришли "богоносцы", и что ей надо поскорее одеваться. Она подошла к зеркалу, вспомнила происшествия прошлой ночи — и вдруг в страхе заметила, что на дворе сыро, а Дидик в одной куртке. И, быстро накинув плато, она побежала к горничной, чтобы выслать сыну пальто.

РЯЖЕНЫЕ

На четвертый день Рождества, в самые святки, лес— ной сторож Савелий вместе с гостившим у него кумом Никодимом решили идти в гости к лавочнику Ерболызову. А жены их намеревались провести эту ночь у тетки Анфисы на хуторе. Мужья и жены расстались миролюбиво и сговорились вернуться к себе в лесную хату, как только рассветет. Выйдя из хаты, жены повернули налево на дорогу к хутору, а мужья направо в деревню Шершавку к лавочнику. Мужья, впрочем, прежде чем пуститься в путь, долго глядели вслед удалявшимся женам, весело тараторившим и громко хохотавшим. Жены тоже несколько раз оглянулись на мужей, пересмеивались, делали им ручкой и весело кричали: "Проваливайте, проваливайте, чего торчите, как пеньки на пашне!" А мужья откликались во все горло: "Будьте спокойны, уйдем своевременно!"

При этом они пускали из себя такой едкий запах перегорелого спирта, что тонкая елочка—подросток, торчавшая у самой дороги, начинала беспокойно обмахиваться веткой.

Когда женщины исчезли в сумраке зимнего вечера, мужья поправили на себе кушаки, вздохнули и отправились своей дорогой. Им предстояло пройти три версты, а их женам всего полторы. По дороге, чтоб убить время, они болтали о разных делишках. Они сетовали на то, что зима стоит теплая, и мужик совсем перестал воровать. Доходов никаких, а женам наряды подавай. Жены у них молодые и красивые и своих мужей любят; надо же их уважить за это обновкой. Для бабьего сердца наряд милее всего на свете. Таким образом, переговариваясь, они незаметно добрались до избы шершавского лавочника. Там их уже радушно поджидали водка, самовар и закуска; гости тотчас же принялись за водку. Но часа через два Савелий внезапно вспомнил, что он забыл взять из сундука деньги;

пятьдесят рублей пешком не ходят, и их надо было переложить в карман. Беда, если какой—нибудь воришка заглянет в лесную хату и полюбопытствует о том, что заключается в сундуке лесного сторожа! Эти соображения повергли Савелия в такое волнение, что он немедленно решился идти домой. Никодим всячески советовал ему остаться ночевать вместе с ним у лавочника и стращал его нечистой силой. Чего он будет делать ночью, один, в лесной хате? Баб нет; бабы ночуют у тетки Анфисы, а теперь время святочное, неприятное, страшное. Теперь только и можно сидеть за водкой в хорошей компании, а одному, да еще в лесной хате, может прийтись Боже упаси как круто. Человек слаб, а черт хитер. Никодим всячески отговаривал кума, но Савелий остался непреклонен. В нечистую силу он не верил. Он потуже подтянул на себе кушак и, с лицом красным от водки, покинул избу гостеприимного лавочника.

Его обдало морозцем. Звездное небо глянуло на него приветливо и радушно; снег весело скрипнул под его ногами. Скоро Савелий очутился в поле. И когда деревня исчезла за его спиною, ему стало как—то не по себе. Ощущение страха, покуда еще тонкое, но уже томительное и жуткое, подползло к его сердцу, как насекомое. Оно ощупало сердце лесного сторожа со всех сторон, выбрало местечко помягче и осторожно опустило туда свой тонкий хоботок. Сторож даже вздрогнул. Он понял, что это насекомое не отвалится от его сердца до тех пор, пока не выпьет из него всю смелость. Она все убывала и убывала с каждым шагом Савелия. Он это ясно видел. Звездное небо по—прежнему радушно смотрело на него, и снег все так же весело скрипел под его ногами, но сторожу казалось, что они обрадовались его появлению вот именно потому, что до его прихода им было страшно, жутко и томительно. Савелий медленно подвигался среди белого поля. Месяц неподвижно стоял в небе и безмолвно глядел на лесного сторожа и на его короткую тень на снегу. В ухабах эта тень как—то переламывалась, точно приподнимаясь вверх от головы до талии, и Савелию казалось, что она желает стать на ноги и идти рядом с ним по дороге. Каждый раз при этом сторожу делалось особенно жутко, и его сердце тоскливо замирало. Наконец он подошел к лесу и как раз в то время, когда последняя капля смелости исчезла из его сердца. Полный неопределенного страха, он вошел в лес. Все было тихо и сумрачно. Лес стоял неподвижно и молчаливо и при появлении Савелия даже как будто несколько просветлел; но лесник понял, что это не веселость, а злорадство, что лес радуется ему, как змея лягушке, которую собирается проглотить. Он понял, что сейчас он увидит нечто сверхъестественное и страшное, чего он раньше никогда не видел, но о существовании чего подозревал всю жизнь. Он увидит нечистую силу, ту враждебную человеку силу, которая населяет и воду, и лес, и всю землю, и собственную его хату. От нее никуда не уйдешь, и каждый человек должен хоть раз в жизни встретиться с ней лицом к лицу. Она или нападает на человека открыто, извне, или же пробирается внутрь его с куском хлеба, с глотком воды, с воздухом. Так или иначе, а эта встреча должна произойти непременно. Для Савелия наступил именно этот час. Он медленно продвигался вперед, полный беспредельного ужаса и того острого чувства, с которым вооруженный рогатиной охотник подходит к поднявшемуся на дыбы медведю. Хата была от него уже в нескольких саженях. Он остановился.

Сизые тучи, медленным хороводом вращавшиеся вокруг месяца, внезапно разорвались на две половины, потом сцепились одним краем и треугольником, как журавли осенью, полетели на полдень. Все это произошло так неожиданно и сверхъестественно, среди такой напряженной тишины, что Савелий понял, что минута роковой встречи наступила. Он не ошибся. В огне его хаты мигал огонек. Там кто—то был. Замирая весь от мучительного любопытства и страха, Савелий осторожно подошел к окошку и заглянул внутрь хаты. Там на полу, свернув по—татарски ноги, сидели два человека. Перед ними стоял раскинутый сундук сторожа, а в руках людей шелестели его, сторожа, ассигнации. Люди, очевидно, их пересчитывали, мусоля пальцы и переговариваясь о чем—то вполголоса. Сальная свеча стояла на полу рядом с раскрытым сундуком и скупо озаряла худые и бледные лица людей. В одном из них Савелий узнал шершавского мужика Архипку, а в другом хуторского пастуха Моисея. Однако Савелий был уверен, что это не Архипка и не Моисей, а та враждебная человеку нечистая сила, в существовании которой он убедился час тому назад. Эта сила приняла только вид Моисея и Архипки. Это, так сказать, ряженые черти. Холодея всем телом, он смотрел на них. Это были черти, без всякого сомнения черти. Их жестикуляция, их выражения лиц и даже свет сальной свечи — все, несмотря на сходство с действительностью, отдавало чем—то сверхъестественным; от всего веяло какой—то особой жуткостью. И уже по одному этому жуткому чувству, наполнившему Савелия при виде этого зрелища, он понял, что перед ним не действительность, а нечисть, враждебная сила, кавардак. Он глядел в окошко, как прикованный. "До чего личность человеческую приняли, до чего хитра!" — думал он о нечистой силе, пристукивая от страха зубами. "До чего человека может обморочить!" Тихонько вдоль стены он двинулся в самую хату.

Ему было мало одного зрелища нечистой силы, он желал встречи с ней лицом к лицу. Он даже не шел, его точно тащило жаждой ужасов. Ему нужно было испить чашу до дна. "Воруйте, чертовы дети, — думал он, — грабьте, тащите, пусть все рассыплется прахом, ни дна ни покрышки вам, анафемы!" Когда, пошатываясь, он переступил порог, нечистая сила подскочила к нему и, прежде чем он моргнул глазом, уцепила его за руки. Черт, наряженный Архипкой, ухватил его даже за горло.

— Чего видишь, того нет, а что увидел — не мое дело! Так? — сказал он хриплым голосом.

— Верно, — отвечал Савелий со злобной усмешкой. — Грабьте, дьявольская сила. Аль, думаете, не признал вас? Тащите, козлиные копыта! У меня добра на все ваше пекло хватит. Грабьте!

— Аль под полом еще деньги есть? — шепотом спросил второй черт.

— А то нет? Думали все заграбили?

Савелий злобно сверкнул глазами.

— Под третьей половицей, што ль? — спросил первый черт.

— Под пятой, дьявольская шкура, под пятой!

Савелий задыхался от злобы, веселья и ужаса. Его точно несло потоком в какую—то бездну. В глазах у него все мутилось.

— Под пятой, под пятой, рогатые лбы! — повторял он, в то время как черти, пыхтя и отдуваясь, приподнимали половицу. — Под пятой сто семьдесят пять рублей, для вас, чернорожих, припас, все, думаю, им на свадьбу хватит, а то они невенчанные, поди, треклятые, с ведьмами живут. Воруй, чертова сила!

Между тем черти, припрятав добытые из—под полу деньги, собирались уже уходить.

— Шубу—то прихватите, — говорил Савелий вне себя, — ведь вон шуба—то женина на гвозде висит. Прихватите уж заодно, а то у вас в пекле холодно, небось! Только за порог пойдете, хвосты поглубже в карман спрячьте, упадете, рога посшибаете! Чем тогда с ведьмами пыряться будете?

Однако черти исчезли, оставив шубу в покое. Савелий повел вокруг затуманенными глазами, хотел было сделать шаг к образам, но покачнулся и без чувств повалился на пол. Когда на следующее утро жена и кум Савелия вернулись в лесную хату, он был бледен и выглядел сильно уставшим. На все расспросы он нехотя отвечал:

— Черти ряженые в гостях были, все денежки до единой копейки ограбили, подлецы! Ну и дельцы, анафемы, почище нашего брата лесного сторожа!

БРЕД ЗЕРКАЛ

Зеркало в зеркало, с трепетным лепетом,
Я при свечах навела...

Фет

Тонкая молодая женщина с большими, темными и прямо—таки страшными своей отчужденностью от всего земного глазами, нездешними глазами нестеровских ангелов, сидела на вокзале захолустной станции в ожидании поезда и беседовала с нами, ее случайными спутниками. Она говорила, а мы внимательно слушали, не отводя глаз от ее прекрасного нервного лица, грустно освещенного мистическим светом ее глаз.

— На свете много непознанного, — говорила она нам грустно, нервно двигая бровями, — и много тайн окружает нас. Что мы знаем о том мире, среди которого мы живем? Жалкие отрывки по всем отраслям знания — вот научный багаж современного образованного человека. Разве он в состоянии объяснить, почему крылья вот у этой бабочки цветисты, как перламутр, а вон той черны, как уголь? Разве химический состав яичек, из которых они вылупились, не однороден? Как зародилась первая клеточка первичной водоросли? Где? При каких обстоятельствах? Куда девается духовная сущность человека после смерти его? Во что перерабатывает ее земля? Кто сможет отвечать на все эти вопросы и какими доказательствами подкрепит он свои соображения? Все это — тайны и тайны, которые не в силах осветить никакой ум. Не правда ли, как ограничен предел человеческого зрения, и разве вы поверите мне, если я скажу вам, что однажды я видела событие, происходившее от меня на расстоянии десятка тысяч верст? Да, да. Я жила в уездном городке Саратовской губернии и видела своими глазами смерть моего мужа на Дальнем Востоке у бухты Посьета. Вы мне верите? Хотите, я расскажу вам, как произошло все это?

18

— О, пожалуйста! — раздались голоса.

Она спросила:

— Зачем? Ведь все равно вы не поверите ни единому моему слову?

— Пожалуйста, — просительно проговорил кто—то, — ради Бога!

Опять она повторила капризно и нервно:

— Зачем? Вы прослушаете мою правдивую историю, изломавшую мою жизнь, как святочный рассказ, а я... что я пережила... — Она схватилась за голову с жестом отчаяния, и, как черные бриллианты, страшно замерцали ее нездешние глаза.

— Пожалуйста, расскажите, пожалуйста, — почти выкрикнула пожилая дама с целым балдахином из страусовых перьев на рыжей голове и стала целовать руки молодой женщины.

— Извольте, — согласилась та покорно. — Я жила, как я уже вам сообщила, в маленьком уездном городке Саратовский губернии, а мой муж, пехотный армейский поручик, находился около Владивостока в отряде, охранявшем бухту Посьета от японских десантов. Я всего два года была замужем и любила моего мужа безумно. Когда муж уехал на войну, я даже хотела было ехать вместе с ним, но муж убедил меня не делать этого.

Как я могла рисковать жизнью моего первенца, которому лишь исполнилось одиннадцать месяцев. Волей—неволей, я осталась с матерью и сыном. А муж уехал один, перекрестив меня и ребенка. Я понимала, конечно, — воин не может сидеть дома, когда отечество в опасности, но я часто плакала по ночам. Думала без сна: "Какие—то ужасы сторожат моего бедного воина? Что, если они изловили уже его сегодня? Вчера? Позавчера? Эти страшные призраки войны, с налившимися кровью глазами, что, если они встали поперек его тяжкой дороги?"

Муж писал мне довольно—таки часто из своего страшного далека. И в своих письмах почти всегда он просил меня не беспокоиться об его участи. Японцы делали слабые попытки к высадке на том побережье, и наши полевые батареи метким огнем всегда заставляли их шлюпки показать корму. Больших сражений там не происходило, и офицеры совсем скучали бы без дела, если бы не частые стычки с беспорядочными бандами хунхузов. Муж так и писал мне в письмах:

"Милая женка моя. Обо мне не беспокойся. Опасностей никаких, и отличиться негде; на маневрах страшнее. Самое большое — привезу клюкву [Клюква — красный темляк (петля с кистью на рукоятке холодного оружия) ордена Анны четвертой степени "За храбрость".] на саблю. А большее получить не за что. Бьем мы только хунхузов, разбойничью дрянь, трусливую, но блудливую. С ними ведается одна артиллерия, но на берег их не пускает. Бог даст, и не пустит".

Я радовалась, конечно, за мужа, но вдруг он замолчал. Прошла неделя, две, три — и ни одного письма. Я заметалась, послала несколько телеграмм, но ответа не получила. Никакого! Просто хоть сойти с ума! Что мне было делать? Стыла кровь в сердце, а по ночам к постели теснились черные ужасы. Старая кухарка Агафья, жившая у моей матери бессменно двадцать лет, сказала мне:

— А если бы вам погадать, барыня?

— У кого погадать?

— Как у кого? А у Рабданки?

В моей голове мелькнуло: "В самом деле, как я могла забыть о нем?" Весь наш городок говорил об этом страшном человеке как о кудеснике. Рабданка — только он мог рассказать о моем муже. Только он, только он. К вечеру этого дня я была глубоко уверена в этом. Или Рабданка, или никто. Рабданка — родом сибирский бурят — жил в нашем городе лет пятнадцать и занимался огородничеством и шитьем сибирских меховых туфель. Проживал он в собственном маленьком домишке, на окраине, весьма уединенно. И изредка, за большие деньги, он соглашался погадать всем, особо чаявшим его гадания. Говорили, что он гадает по кофейной гуще, по отражению свечи в чашке с водою, по какой—то толстой книге, переплетенной в оленью кожу. Словом, гадает чуть ли не сорока способами. Не выдержав искушения, я поехала к Рабданке в тот же вечер. С тревогой я постучалась к нему в дверь, когда извозчик подвез меня к незнакомому домику в три окошка. Бурят встретил меня со свечой в руке, заглядывая в мое лицо своими косо прорезанными, но острыми глазками. Его желтое лицо, безбородое и сморщенное лицо ворчливой старухи, было озабоченно. Он был одет в какую—то длинную и широкую кофту, достигавшую до самых пят, как юбка.

Он впустил меня в дом, в маленькую комнату, окна которой были заставлены темными четырехугольными ширмами с изображениями белых длинноносых птиц. Посредине комнаты, на возвышении, стояло квадратное, в аршин, зеркало в черной раме, украшенной изображениями тех же белых птиц с длинными клювами.

— Балисня погадать хосит, — сказал он мне, картавя, как ребенок, после того, как я сообщила ему о цели своего путешествия к нему, — а я балисне гадать не хосю.

Я сказала ему, что я — не барышня, а барыня, и опять просила его погадать, но он упрямо отнекивался:

— Не хосю. Не хосю и не хосю.

И даже отмахивался руками. Я сулила ему за гаданье десять, пятнадцать, двадцать рублей, но я не могла сломить его

21

упрямство. Но тут я сказала, что мой муж на войне, что три недели я не имею о нем сведений, что я беспокоюсь, уже не убит *ли* он. И я расплакалась. А сердце бурята, видимо, растрогалось.

— Ну, ну, ну, — стал успокаивать он меня, — ну, ну, немносько станемь гадать, немносько очень, но холосё—холосехонько!

И он помог мне раздеться, нежно прикасаясь к моим рукам. Потом он исчез за бурой занавеской, которой комната как бы разгораживалась на две части, и вынес две зажженные свечи в черных подсвечниках и небольшое квадратное зеркало. Свечи он поставил по бокам большого зеркала и поменьше — вручил мне.

— Сядь сюда холосенько, — руководил он мною, — зелкалё делай так и гляди и сё увидись... осень сё...

— Все? — спросила я, начиная робеть.

— Сё! — повторил он решительно — и музя, и сё! Осень холосенько, увидись...

Он как—то чуть наклонил бывшее в моих руках зеркало, сделал три—четыре жеста над моей головой, и передо мной вдруг развернулась бесконечная сияющая даль. Его взгляд прикоснулся к моему темени, как острое шило. Я содрогнулась. Он еще более приблизил свое лицо к моему. Его лицо стало зеленоватым, а из его глаз словно текла светящаяся колеблющаяся струя, входя в мой мозг и делая мою голову тяжелой, но словно пустой.

Он ушел, и я почувствовала его взгляд на своем затылке, как теплую струю.

— Вот так, — бормотал он ласково, — смотли и смотли холосенько. Холосенько, холосенько и еще осень холосенько!

Мое сознание словно на мгновение задернулось туманами. А

потом вновь расторглось, развертывая передо мной те же дали. Рабданка исчез с поля моего зрения в зеркале. Я передохнула всей грудью, напрягая зрение.

— Сейсясь увидись музя, — услышала я лепет Рабданки. И я увидела вновь в зеркале его лицо. Оно было совершенно зеленое, все оттянутое книзу странной усталостью.

— Нисего, нисего, — пробормотал он мне успокоительно, — еще немноско и немноско!

Сверкала даль передо мною, и я не чувствовала течения времени. Будто одеревенели мои виски, а грудь распиралась широкими, жуткими, острыми и мучительными ощущениями.

— Нисего, нисего, — едва достигало меня откуда—то одобрительное бормотание, — нисего!

А даль, расстилавшуюся передо мною, вдруг стало затягивать трепетной синью, я увидела белые облака и низкие кустики, мелькнуло бурое поле.

Я простонала и услышала ласковое, одобрительное, но полное утомления:

— Нисего! Нисего!

Там вдали передо мною мелькнули один за другим вооруженные всадники в низких шапках. Я замерла. Передо мною словно развертывалась лента какого—то волшебного кинематографа. Мелькали всадники, и опять тянулись низкие кусты. И вдруг я чуть не вскрикнула "Костя!". Я увидела мужа. Он стоял на пеньке среди кустиков и, быстро работая карандашом, видимо, зачерчивал на листке своей записной книжки расстилавшуюся перед ним местность. В нескольких саженях позади него среди кустов лежали два казака и играли прутиками. А еще дальше, стреноженные, паслись три лошади. Я чуть не заплакала, увидев после долгой разлуки моего мужа, а он проворно работал своим карандашом, пытливо рассматривая прямо перед собою расстилавшуюся местность. Как я хотела броситься к нему, обнять его, целовать и целовать, но я все—таки сознавала, что это не он, а лишь его отражение, что это — бесплотный мираж, страшный бред обезумевших зеркал, оживленных чьей—то невероятною силою.

— А—а, — простонала я мучительно.

— Нисего, нисего, — проползло ко мне еле слышно. Опять затрепетала даль, и вновь я увидела. Там, за холмом, сбоку, совсем припадая к земле, ползком тянулись друг за другом человек пятнадцать странно одетых людей, вооруженных винтовками.

— Хунхузы! [участники шайки бандитов, грабителей.] — чуть не закричала я, догадавшись, и тут же сообразила, что они выследили разведочный отряд моего мужа, отряд, состоящий всего из трех человек, и что они желают напасть на него врасплох, прячась в траве, как отвратительные гады.

Подлые, разбойничьи души! Они все ползли и ползли. А я немела перед зеркалом с напрягавшимся до последней степени сознанием, с свинцовой тяжестью у висков. А те ползли. И муж все так же проворно зачерчивал что—то в свою записную книгу, и все так же беззаботно играли прутиками бородатые казаки. И вот я увидела: те страшные гады подползли близко— близко и, выставив длинные стволы, стали целить медленно— медленно. Как рысьи глаза, сверкали косо прорезанные щели и хищно склабились синеватые рты. Пятнадцать ружей уставились в трех человек, не подозревавших о дьявольской ловушке. Я изнемогла. Как полярной стужей, опахнуло мои колени, и я еле сидела на моем стуле. Может быть, те промахнутся. Пятнадцать ружей в трех человек? Может быть, сейчас перед моими глазами совершится чудо из чудес? Святая Заступница, Непорочная Дева! Ради моего первенца, сжалься! А те все целились и целились. Потом легкой синью вспыхнул прозрачный дымок, уносясь и разрываясь под ветром. Я

24

хорошо видела: упал, как подкошенный, муж. Поникли казаки беззаботными головами.

Все померкло на мгновение перед моими глазами, бросив в зеркало черной тьмою. А потом вновь все прояснилось в безмятежной лазури. И я, смертельно изнемогая, увидела: четверо разбойников держали за ноги и за руки моего Костю. Он был тяжко ранен, и никло бледное лицо его. А пятый негодяй кривою саблей вырезывал на его лбу, на лбу моего милого мужа, какие—то страшные знаки. Издевался, мучая раненого... А потом все пятеро замахнулись на него саблями.

Страшные зеркала хотели заставить меня быть свидетельницею предсмертных пыток моего мужа. Я выкрикнула что—то непонятное, вскочила на ноги, с силой ударила зеркалом в зеркало, с яростью истребляя моих мучителей. Целый дождь острых и злых искр осыпал меня, как будто проникая в мой мозг. Я упала на пол. Через полчаса меня взяли от Рабданки мой дядя и моя мама. Прежде чем увести меня от него, они выспрашивали бурята, что такое увидела барыня в зеркале, отчего она так смертельно напугалась. Но тот отнекивался полным незнанием, разводил руками и невнятно шепелявил:

— Я зе нисего не зняю! Я зе сам себе денезки не плясил, ни зельтенькие ни беленькие, как зе я увизю? Почему так? Лязьве зе мозно далём?

А я пролежала целый год в лечебнице для нервнобольных...

Тонкая молодая женщина с нездешними глазами тяжко расплакалась, припадая к столу.

Мы безмолвствовали, поникнув, не поднимая на нее глаз. Потом кто—то робко спросил, боясь прикоснуться к изболевшей душе:

— А как объяснили вам официально смерть вашего мужа?

Она чуть приподняла голову.

— Официально? Был послан с двумя казаками на разведку и без вести пропал вместе с ними. Так сообщил мне штаб.

И женщина вновь припала к столу. Через четверть часа мы навсегда расстались.

БЕЗУМИЕ ЛИ?

Я всегда злюсь, когда начинаю влюбляться, и в этом нет ничего удивительного; кому же охота отдавать себя в рабство?

Итак, она уехала, пригласив меня бывать у неё.

Когда я улегся в постель, мне внезапно вспомнились слова Томилиной, сказанные после того, как Валентина Сергеевна бросила в мою шляпу три виноградины.

— Эта женщина — мудреная загадка. Она прогнала от себя мужа, блестящего и умного, который сходит по ней с ума. Впрочем, где—то далеко, в её имении, кажется, живёт её постоянная привязанность, к которой она возвращается после каждого своего увлечения.

В её имении — это, стало быть, в "Голодной балке". Однако, кой чёрт тут живет? Ведь не влюблена же она, в самом деле, в мою тетушку?

В эту ночь я заснул не скоро. На другой же день я был у Валентины Сергеевны. Я бывал у неё целую неделю изо дня в день и по её глазам прекрасно изучал географию "того света". Я по целым часам глядел в них, глядел до тех пор, пока не чувствовал головокружения и озноба. Я потерял сон, аппетит, свободу и покой, все то, что привык ценить очень дорого.

О, любовь, та любовь, которая зарождается при первой встрече и основывается не на уважении и симпатии, а Бог ее знает на чем!

Я очень зол на наших прародителей, обрекших нас своим грехопадением на эту пытку. Ведь эта болезнь — нечто в роде изнурительной лихорадки и бешенства.

Однако, продолжаю. Одним словом, я сходил с ума по Валентине Сергеевне и однажды рыдал у её ног до тех пор, пока она не ответила на мое "люблю" поцелуем. Говоря высоким слогом, я испил чашу любви до дна. Я просиживал у ног этой женщины целыми днями с вечно—жаждущими губами, и говоря все то, что говорится в подобные минуты, и что на языке здравомыслящих носит название глупостей. И всегда я замечал в Валентине Сергеевне одну загадочную странность. Часто в минуты самых пламенных ласк по её губам пробегало выражение не то презрения, не то брезгливости, обдавая меня всего холодом, И уже тогда я предчувствовал близость разрыва.

Да, это была не женщина, а какой—то мудреный ребус.

Очевидно, её душа всегда витала где—то далеко, но где, — этого я никогда не мог узнать. Я чувствовал только, что я для неё совершенно чужой.

Обстановка, среди которой она жила, тоже была как бы повита какой—то тайной. Её прехорошенький маленький домик в швейцарском стиле своей балконной дверью сообщался с садом, куда глядело также окно её спальни. Это был совершенно запущенный сад с заглохшими дорожками, с кустарником, разросшимся на свободе, с прудом, покрытым ржавчиной и зеленой сеткой болотной ряски. Возле этого пруда, на низком гранитом пьедестале, возвышалась мрачная статуя козлоногого, в рост человеческий, сатира. Его худые, скрещённые на груди руки с выдавшимися ключицами и его искривленный губы были безукоризненны. Эти губы вечно смеялась нагло, дерзко, в то время, как все его лицо было как—то по—божески бесстрастно и неподвижно.

На писменном столе Валентины Сергеевны помещался в красивой раме фотографический снимок с этой статуи, и она говорила мне, что это талантливое произведение принадлежит резцу одного теперь уже умершего дилетанта—скульптора, которому принадлежало ранее и это имение. Она купила его вместе со статуей за восемьдесят тысяч и вполне довольна своей покупкой, так как имение приносит хороший доход.

Впоследствии я узнал, что имение это приносило ей чистейший убыток, так как земля "Голодной балки" заключала в себе столько же жизненных сил, сколько их находится в мумиях египетских фараонов.

Это была не земля, а мумия уже умершей земли. И за этот труп она заплатила восемьдесят тысяч!

Женский каприз должно быть, не имеет пределов.

Через неделю после того, как Валентина Сергеевна позволила мне запечатлеть на своих губках поцелуй, я получил от неё письмо, заключавшее в себе следующее: "М. Г. Я очень сожалею о том, что произошло между нами. Ради Бога простите меня и не посещаете более. Право же, я искренне раскаиваюсь в своем проступке и прошу у вас тысячу извинений. Если хотите, я становлюсь перед вами на колени. Не посещайте же меня более и не требуйте объяснений".

Далее следовала четко написанная подпись, а затем год, число, месяц, — все весьма точно.

Эта коротенькая записочка ударила меня, как обухом. Я стремглав полетел к ней и не был ею принят. Я был у неё пять, семь, десять раз, и каждый раз меня не допускали дальше передней. В эти посещения я не видел даже кончика её ботинки, не слышал шелеста её платья. Она точно умерла для меня.

Между тем, я продолжал безумствовать. Её смех еще сверлил мои уши, а её, полные загадки, глаза сторожили по ночам мою постель как два выходца с того света. Мне было нужно ее, во что бы то ни стало.

Как—то утром я силой ворвался в её спальню. Она увидела меня и попятилась к стене, как бы растерявшись. Но тут же она овладела собой и подошла ко мне бледная, как всегда с безучастными глазами.

В этих глазах я прочитал себе смертный приговор, до того они были невозмутимо—покойны. Она заговорила.

Она убеждала меня не волноваться, не безумствовать и подчиниться её благоразумному решению.

— Я очень, очень прошу вас об этом, — повторяла она с ленивыми движениями, точно уставшая после болезни или оргии.

Её требования были справедливы. Нельзя же насильно лезть к женщине?

Я вышел от неё, кусая губы.

Я принял твердое решение не беспокоить её более, и, тем не менее, дома я все время думал о ней, и только о ней, точно мой мозг напитался ею, как губка. Я задавал себе тысячи вопросов:

Не передал ли ей кто обо мне какой—нибудь гнусной сплетни?

Не рассердилась ли она на что? Не позволил ли я себе сказать ей чего—нибудь липшего, одну из тех обидных колкостей, какую женщины никогда и ни под каким видом простить не могут? Или, действительно, у неё есть любовник?

Любовник в "Голодной балке" — это было даже смешно.

О какой же постоянной её привязанности в таком случае намекала мне Томилина?

В конце концов, я не выдержал и вечером, вопреки данному себе слову, пешком отправился к ней.

Я решился добиться от неё объяснения, подкараулив ее в саду, или же, если она не выйдет в сад, пробравшись в её спальню. Было уже темно, когда я, как вор, проник через забор в сад.

Месяц высоко стоял над ним и заливал его заглохшие тропинки трепещущим светом. Было тихо, и эти расходившиеся во все стороны от пруда тропинки, залитые светом месяца, казались мне какими—то фантастическими реками, бесшумно вливавшими в пруд свою фосфорическую жидкость. В затянутом темною сетью водяных растений пруду тихо плескалась вода. Порой, на его тусклой поверхности появлялись блестящие пузыри, мгновенно лопавшиеся. И все это в трепещущем свете месяца казалось мне полным тайны.

Признаюсь, мне сделалось даже жутко, когда я осторожно пробирался между чахлыми кустами бледно—зеленой жимолости. И тут я увидел мраморную статую сатира. Сначала, впрочем, я увидел его отражение в пруду. Оно, вероятно, слегка покачивалось водою, потому что его грудь и живот дрожали как бы от смеха. Это производило такой эффект, что я тотчас же оглянулся на самую статую.

Мраморный циник неподвижно стоял вблизи пруда на своём низком пьедестале. Его руки все также были скрещены на груди сильным движением, а его губы кривились от смеха, полного наглости и презрения. Я смотрел на него, притаившись в кустах жимолости, и ждал. Мне казалось, что вот—вот его худые с выдавшимися ребрами бока задрожат от хохота, и его сиплый смех пронесется среди невозмутимой тишины притихшего сада. Но он молчал.

От чахлых кустарников, стоячей воды пруда и от всей худосочной зелени сада веяло чем—то нездоровым, расслабляющим, погружающим в фантастические грезы. Видал ли ты картину с изображением двух центавров на мутном фоне сумерек?

Настроение, которое сообщали мне эта больная ночь и этот чахлый сад, было такое, что я нисколько не удивился бы появлению этих двух центавров — мужчины и женщины. Мне кажется, их появление даже гармонировало бы с этим бледным лунным сиянием, с прозрачным паром, подымавшимся от чахлой растительности, с болотными испарениями заросшего пруда.

Я все стоял и ждал.

И в эту минуту я услышал робкий шорох на балконе. Я увидел Валентину Сергеевну. Она осторожно спускалась в свете месяца по ступеням балкона, придерживаясь рукою за его перила и слегка нагнув вперед голову, как бы заглядывая в глубь сада. Её лицо было бледно до неузнаваемости и его выражение... — я никогда в жизни не забуду этого выражения.

С первого же взгляда на это лицо я понял, что она идет на свидание, и вся томится жаждой любви и встречи, и вся боится и трепещет, чтобы кто—нибудь не остановил ее на дороге. Она робко озиралась по сторонам и безмолвно подвигалась в свете месяца среди невозмутимой тишины.

Только платье гармонично шелестело у её ног.

Я стоял, скрытый кустарником жимолости.

Между тем, она подвигалась вперёд к мраморной статуе, белевшей над сонным прудом, Она была уже рядом. Она увидела ее, и по её лицу прошла улыбка, а её глаза засветились, как две звезды.

И прежде, чем я успел отдать себе отчет в том, что происходит, она с жестом, полным любви, ринулась к мраморному богу и, обхватив его козлиные ноги бледными, как мрамор, руками, припала к нему.

Это была удивительная картина. Прекрасная женщина, затянутая во все черное, и мраморное тело безобразного сатира.

Я понял все. Это козлоногое чудовище было той самой её постоянной привязанностью, к которой она возвращалась после каждого своего увлечения. Этот развенчанный бог, призванный к жизни властью художника, пришел и отнял ее у нас, простых смертных.

Я продолжал смотреть на эту необыкновенную картину. Мне казалось, что он хохотал во все горло, так что его выдавшиеся на боках ребра как бы двигались, то приподнимаясь, то опускаясь снова. Мне даже чудился этот смех, наглый и циничный, не признававший ничего святого и достигавший до самого неба.

Я больше был не в силах смотреть на это.

Злоба душила меня. В несколько прыжков я очутился возле неё. Я схватил ее за плечи, бросил на землю и высоко поднял свою тяжелую трость над головою хохотавшего урода.

Его голова со звоном и дребезгом упала к моим ногам. Я с бешенством продолжал свою работу, поднимая и опуская трость. Куски мрамора сыпались дождем и белыми искрами падали на тусклую поверхность сонного пруда и на черное платье Валентины Сергеевны.

Она глядела на меня глазами беспредельного ужаса. А я продолжал свое дело. Я разрушал мраморное чудовище, как нечто живое, как нечто имеющее душу. Да разве этот смех не был его душою?

Вскоре от всей статуи осталось несколько черепков. Валентина Сергеевна увидала это. Она вскрикнула, как над трупом любимого человека, и, закрыв лицо руками, поспешно побежала к себе на балкон, мелькая на ступенях металлическими пряжками своих башмачков. Она убегала от меня, как от убийцы.

Вот и вся эта история, полная тайны.

Чрез неделю Валентина Сергеевна продала свое имение за бесценок и уехала неизвестно куда.

Где она, кто она, — я не знаю.

Я говорил об этой женщине с медиками; они повторяли: Это безумие! Это несомненное безумие!

И в доказательство они приводили латинское название этого рода помешательства, точно латинское название может все объяснить.

Но, полно, безумие ли это? Разве эта женщина не была права, отдав предпочтение этому богу и отшвыривая нас прочь своею ногой. Что мы такое? Мелкие козявки, ничтожество, не способное ни на могучую страсть, ни на высокое самопожертвование, ни на гигантское злодейство, ни на что, что выше аршина от земли. А этот могучий смех, достигавший до неба, — разве он не мог поразить и фантазию, и мысль, и все чувства женщины и отнять ее у нас всю без остатка?

Так вот видишь ли, и уродство может пробудить любовь; нужно только, чтоб оно превышало наш маленький аршинчик.

Если хочешь, можешь напечатать этот рассказ, изменив фамилии и выправив стиль и орфографию. Я хоть и кандидат прав, но, как тебе известно, нахожусь в непримиримой вражде с буквой "с". Кстати я зову ее "в старости", так как прописью она напоминает эту букву, опирающуюся на трость.

Твой N. N.

ПЕРЕУТОМИЛСЯ

С своей тележки судебный следователь Стрекалов уже видит сквозь сумрак осенней ночи огни уездного городишка, где он живет. Через четверть часа он будет дома. Он облегченно вздыхает всей грудью и прячет в карман револьвер, который он почти всю дорогу держал наготове под полой своего пальто. Лицо и каждое движение своего ямщика Стрекалов находил в высшей степени подозрительными. Но близость города успокаивает его; он косится на затылок ямщика с злобно торжествующей улыбкой и думает: "Что, братец, опоздал? Теперь рад бы меня ухлопать, да уж некогда!"

— Опоздал, братец? — не удерживается он, чтобы не высказать своего торжества вслух. — Теперь уж поздно; шалишь!

— Да, барин, опоздал, — соглашается ямщик.

— Проговорился! — едва не вскрикивает Стрекалов. — Так—то вот вас и ловят, мерзавцев!

— Оно, конечно, — продолжает, между тем, ямщик, — если бы наша лошадь овес видела, а то мы больше на кнут надеемся...

"Так, так, так — думает Стрекалов, — самая обыкновенная уловка всех негодяев: проговорился — и в кусты!"

По его поношенному, изжелта бледному лицу снова ползет мучительная усмешка; он вспоминает; в "Судебной Газете" он читал: в N—ской губернии ямщик задушил своего седока вожжами.

— Вы не так на кнут надеетесь, — снова обращается он к ямщику не без злорадства, — как на вожжи!

Последние слова Стрекалов многозначительно подчеркивает.

35

— Это верно, — снова соглашается ямщик. — Потому оно без вожжей, голыми—то руками чего сделаешь!

"Опять проговорился, — едва не вскрикивает Стрекалов, — Ведь олухи—то какие! Царь небесный! На, вон, его бери хоть сейчас; а ведь какие штучки задумывают: судебного следователя убить!"

Он плотнее запахивается в пальто и говорит:

— Да ведь зато с вожжами—то и влетает частенько ваш брат! Ух, как влетает!

— Бывает, — соглашается ямщик, — кто ежели без разума...

И прежде чем следователь успевает подумать: "влетел! Проговорился!" — он добавляет:

— В яму иль в канаву влетит другой.

"Смекнул! Травленый, стало быть! — думает Стрекалов. — Бубновый бы туз тебе на спину, да и послать, куда следует, подальше от людей. Заблаговременно!"

У подъезда своей квартиры Стрекалов дает ямщику на водку вместо обыкновенного гривенника четвертак и говорит:

— Слушай. На вот тебе четвертак и знай, что я тебе даю его за то, что в тебе все—таки в последний час заговорила совесть. Возьми, брат, и всегда слушайся голоса своей совести: она, брат не обманет!

В передней, тихонько разоблачаясь, Стрекалов спрашивает заспанную горничную Дашу:

— Барыня спит?

— Спят—с. Только что уснули; зубами они маялись цельный день. К доктору досылали, в аптеку...

— Мне в кабинете оправлено?

— В кабинете—с.

"Неестественно это что—то, — думает Стрекалов, укладываясь в своем кабинете, на мягкой тахте. — Это, кажется, второй раз уж: как я в уезд, — так зубы. И у Даши глазки, — ух, не нравятся мне они! Шельмоваты уж очень".

Однако, он силится уснуть. Но спать он не может. Два последних месяца у него было столько дел, что приходилось работать по ночам, и он отвык спать. Ему не спится; припоминаются прежние дела — серьезные дела — грабежи, убийства, истязания. Перед глазами проходит длинная вереница всевозможных преступников и преступлений.

Стрекалов ворочается с боку на бок, почесывается и вздыхаете В его голову лезет всякая нелепость. В комнате темно и тихо. Как—то особенно жутко даже. Среди тишины резко проносятся неопределенные, странные звуки. Не то мышь поскреблась, не то сверчок за обоями шевельнулся, не то вздохнул кто. Стрекалову делается страшно. И в ту же минуту его обжигает мысль: жена изменяет ему; это ясно. Он старше её на пятнадцать лет; ему — сорок, а ей — двадцать пять, а нынче — сами знаете, какие нынче времена!

Стрекалов садится на постели и глядит в пространство лихорадочным взором. Жена ему изменяет... Это факт. Но с кем? Каждый раз, когда он уезжает в уезд, у жены болят зубы.

"Болят ли? Не другое ли что?" думает Стрекалов с злобной улыбкой.

Каждый ли раз? Раз или два, он знает наверное.

"А о скольких подобных же случаях он может не знать?" приходит в голову следователя.

— Так—с. Стало быть, это факт, — шепчет Стрекалов, шевеля бледными пальцами.

Каждый раз, как он покидает город, жена — фьють. Но с кем? А за кем она посылает, когда его нет дома?

"Так—с, — думает Стрекалов, — с доктором Бобриковым. Покорно благодарю!"

Долго он сидит в постели с бледным лицом и лихорадочными глазами.

"А что, если Бобриков и теперь с его женой? — приходит ему в голову. — Может быть, они и не слышали, что он приехал?.. Залюбезничались, может быть?"

Следователь осторожно ставит ноги на пол.

Он решается идти к спальне и подслушать у двери.

С громко бьющимся сердцем он двигается в потемках.

"Надо расследовать это дельце, — думает он с злобной гримасой — Надо накрыть!"

С минуту он стоит у двери спальни и слушает. И вот его напряженный слух ловит неопределенный звук: не то сверчок шевельнулся, не то поцелуй.

"Поцелуй, конечно, поцелуй, — решает следователь, — Покорно вас благодарю. Утешили!"

Он возвращается к себе в кабинет и останавливается среди комнаты.

"Что же теперь предпринять? Самое лучшее зажечь свечу, пойти к спальне еще раз и убедиться наглядно. Однако, свечей в кабинете нет. Умышленно свечей не поставили!" догадывается он.

Но спички находятся. Спички, впрочем, мало помогают делу. Если зажечь и, не дав ей разгораться, двинуться в путь, — она тухнет. А дашь разгореться, сделаешь шаг, обожжешь пальцы, и опять темнота.

После нескольких" опытов Стрекалов злобно швыряет коробку. И в ту же минуту его слух снова ловит неопределенный звук: не то сверчок, не то поцелуй.

С искаженным лицом он хватается за револьвер.

"Пойду и ухлопаю его, вот и весь сказ! — думает он со злобой на всем лице; — Слуга покорный, я терпеть всякие мерзости в своем доме не намерен—с!"

Но от дверей спальни он вновь возвращается в кабинет, дрожа как в лихорадке.

"Как ты его ухлопаешь в темноте—то, да вот с этакой ручкой? — злобно косится он на свою сильно трепещущую руку. — Этакой ручкой и нос с трудом высморкаешь, а не то что человека убъешь. Да и кто его знает, что это за человек Бобриков; еще самого ухлопает. Шаркнет из—за угла подсвечником и... прощайте—с!"

Стрекалов присаживается на тахту, подрыгивая руками и ногами: Его пробирает озноб; он думает:

"Положим, Бобриков вполне приличный человек, но кто ж его знает?"

И следователю вспоминается корреспонденция из города Эмска:

"Перед судьями предстал убийца — вполне приличный молодой человек".

"Приличный—то еще похуже неприличного шаркнет, — думает Стрекалов. — Нет, в спальню идти, это — на верную смерть! Лучше самому на себя руки наложить".

Через несколько минут он решается на следующее: подойти к двери спальни и кашлянуть.

"Бобриков догадается, что я здесь, — соображает он, — и удерет! И тогда я войду в спальню и констатирую..."

Он идет к спальне и кашляет у двери, но сейчас же начинает мучиться сомнениями.

"Куда же он, однако, удерет, когда я ему все пути к отступлений отрезал? В спальне—то ведь только одна дверь, и ту я загородил. Этак ведь он прямо на меня вымахнет сдуру—то? — Впрочем, — сейчас же он успокаивает себя: — и в форточку может вылезть; не важная птица. Форточка у нас громадная! Вылезет! Любишь, брат, кататься, — люби и саночки возить! Пожалтека—с!"

Стрекалов снова громко кашляет и напряженней слушает.

От напряжения в его ушах раздается неистовый звон, и он с ненавистью думает:

"Ну, пошла потеха! Во все колокола затрезвонили! Услышишь тут чёрта с два!"

Он припадает ухом к двери. Но в спальне все тихо. Ни звука. В форточку никто не лезет, и в голове Стрекалова шевелятся отчаянные мысли:

"Каков мерзавец! Не желает идти! Вот упрямая бестия! Из собственной квартиры человека выкурить хочет!"

Он снова возвращается в кабинет и начинает кружиться среди темноты, что—то обдумывая и коченея от ужаса. Он не знает, что ему предпринять; он чувствует только, что волосы на его голове шевелятся, а сердце бьется с такою силой, что в глазах мелькают цветные круги точно пожарные сигналы. При этом ему смертельно холодно. Он хочет одеться. Он ищет стул около тахты, и не находит. Хочет ухватиться за тахту — тахты нет. И вдруг Стрекалов с ужасом замечает, что он зашел неизвестно куда. По крайней мере, комната, в которой он находится, — не кабинет, не столовая, не гостиная.

Это чёрт знает, что за комната!

Не зашел ли уж он на чужую квартиру?

На Стрекалова, как голодные собаки, набрасываются со всех сторон ужасы. Он делает два шага, балансируя, как на канате, садится на холодный пол среди неизвестной ему комнаты и закрывает лицо руками...

Вскоре горничная Даша будит мирно почивающую Стрекалову и испуганно шепчет:

— Милая барыня, не пугайтесь, у — нас несчастие. Пьяный в дом залез; сидит на полу в гостиной и разливается — плачет. А барина в кабинете нет. Барин — кто его знает где...

СВЕТЛЫЙ ГОСТЬ

I

В лесу творилось что—то невообразимое. Ветер метался, как бешеный, вихрем крутил снег, ломился на лес справа и слева, гоготал и улюлюкал. Ясно было, что здесь происходила борьба нешуточная, дикая и иступленная, борьба на жизнь и смерть. Лес стонал, шипел и скрипел, и сухие ветви могучих деревьев то и дело валились вниз, как отмороженный руки. Было очевидно, что ветер объявил войну лесу и вступил в единоборство с ним; но порою страсти до того здесь разыгрывались, что свои начинали бить своих же, и дерево вставало на дерево. По крайней мере, два встречных вихря часто неистово бросались друг на друга, как степные наездники, сплетались, кувыркались по земле и исступлённо визжали. Точно так же и ломимое ветром дерево порою наваливалось всею своею тяжестью на соседнее дерево и царапало его сучьями, как когтями, злобно ворча и поскрипывая.

В эти минуты междоусобицы весь лес наполнялся такими яростными криками, воплями и стенаниями, что два шедшие в это время по лесу человека с большим трудом могли разговаривать. Но все—таки они говорили, медленно подвигаясь вперёд и еле—еле выволакивая ноги из рыхлых снежных сувоев. Один из путников был ростом высок и тонок, как жердь, другой — низок, но широкоплеч. Оба они несли по охапке хвороста, морщили от ветра лица и порою тяжело отдувались. Надето на них было какое—то жалкое рванье, какие—то полушубчики, как бы сплошь сшитые из одних заплат: казалось, путников недавно рвали отчаянно злые собаки. На одном из них, высоком, полушубок был даже с разрезом на боку, как у Прекрасной Елены, вплоть до самого пояса. На высоком, впрочем, были надеты совершенно новые валенки, а на низеньком — очень порядочная теплая шапка. Высокий звал низенького Авениркой, а низенький высокого — Македоном. Говорил больше низенький. Он ежился от холода, крепко прижимал к груди охапку хвороста и говорил, точно воробей чирикал.

— И чего этой буре самой, подумаешь, надо? И чего она рвет, и чего она мечет, и чего она на лес опрокинулась? И сколько, Македон, как посмотришь, на земле злобы! — Он помолчал, поправил подбородком вылезавшую из охапки хворостину и почмокал губами. — Да, Македон, — продолжал он, — много на земле злобы. И как только злоба эта самая самое себя не сожрет? Ишь, как расходилась, — добавил он. — И чего она, спроси ее, зверем воет, зачем кустики молоденькие ломит? Он опять помолчал и опять зачирикал, как воробей: — А хорошо бы, Македон, это когда мы в горенку свою придем и печечку свою затопим, хорошо бы, Македон, перед образом све—чечку хошь копеечную затеплить!

Авенирка снова замолчал, потому что ветер бросил ему в левое ухо целую горсть сухого, как песок, снегу. Он затряс головою, пытаясь очистить ухо.

— А еще хорошо бы, Македон, — добавил он, очистив ухо, — а еще хорошо бы щец горяченьких похлебать. Очень уж я эту самую горячую пищу люблю!

Авенирка вздохнул и облизнул губу. Македон как будто проглотил слюну и сделал губами и носом "хм". Авенирка продолжал: — До того я, Македон, горячую пищу уважаю, что, кажись, спроси меня сейчас царь: "чего, Авенир, хочешь: в тюремные ли смотрителя поступить, но только чтобы без горячей пищи или в бродяги в лесные иттить и пищу горячую получать?" Спроси меня это царь, и я в тую же минуточку на тюремного смотрителя плюну и в бродяги на горячую пищу пойду!

Авенирка замолчал. Македон поморщился и сказал;

— Вот как тебя изловят да влепят лозанов сорок, вот и будет тебе горячая пища! Хм, горячая пища! Ишь какой помещик выискался!

По лицу Македона ползет что—то жесткое и черствое. Авенирка сконфуженно заморгал глазами.

— Ну, уж ты! И подлый же у тебя, Македон, карахтер! Даже и в уме человеку щец похлебать не даешь! Горький карахтер, видно, под осиной тебя родили! Не буду я больше говорить с тобой, не буду! Помяни мое слово, не буду! Что тебе, горький ты человек, — с живостью добавляет он через минуту, — жалко тебе, что ли, щец—то? Я, може, третий месяц их в уме держу, третий месяц во сне их вижу и сну своему не верю! Так что, жалко, что ли, тебе? Жалко? Так, небось, не всё съем и тебе, горький ты человек, оставлю!

Авенирка закашлялся от ветра, отфыркался и снова вздохнул.

Они прошли несколько шагов молча среди крутящегося снега.

— А хорошо бы, Македон, — внезапно сказал Авенирка, — а хорошо бы теперича в баньку сходить?

Он покосился на своего высокого товарища, прижимая подбородком охапку хвороста.

— В баньку? В какую баньку? — с угрюмым недоумением повторил Македон.

— Да хошь в самую завалющенькую, хошь в самую черненькую!

Македон фыркнул носом.

— Хм, с веничком с березовым?

Авенирка повеселел всем лицом, радуясь, что его товарищ отмяк сердцем и стал разговорчив.

— Да хошь бы и без веничка, — сказал он.

По лицу Македона снова ползет что—то жесткое и черствое.

— Хм, в баню, — повторяет он. — Вот погоди, изловят тебя, влепят лозанов сорок, вот тебе и будет баня!

— Горький человек, горький человек, — вскрикнул Авенирка, едва не споткнувшись в сугроб, — ты и баню не велишь мне в мыслях держать, подлый карахтер! Тебе и бани жалко! Фу, ты, Господи Боже, какие только, подумаешь, люди на свете есть! Не буду я больше говорить с тобой, горький ты человек, под осиной тебя родили и полынью тебя спеленали!

Авенирка закашлялся, отплевался и замолчал. Они снова двинулись молча среди крутящегося снега. Авенирка — сконфуженный и пристыженный, Македон — угрюмый и злобный.

II

Вскоре они вышли на небольшую полянку. Маленькая лесная хатка глянула на них своим единственным оконцем, тусклым, как слепой глаз. На её низкой крыше крутились снежные вихри, то осыпаясь, как дождик, вниз, то поднимаясь спиралью вверх, как дым в безветренную погоду.

Путники повеселели; даже по угрюмому лицу Македона прошло что—то светлое и радостное.

— Вот мы и дома, — сказал он, — печку бы поскорей истопить; иззяб я, Авенирка, как пес.

Авенирка хотел сказать товарищу в ответ что—нибудь очень

грубое — и не сумел. У него на душе опять стало светло и весело.

— Завтра по деревням, — сказал он, помолчав, — Христа славить будут; пойдем, чуть свет, и по избам сбирать будем. В этот день много подают по деревням.

— В этот день жалостливы, — с сердитой усмешкой сказал Македон.

— И если я, — продолжал Авенирка, — хоша единый пятачок насбираю, сейчас же на семишничек свечечку куплю, на семишник — кремешек и на три копеечки — табачку.

Кремешек у меня, — добавил он, — совсем обился, а без огня в светелке нашей прямо, надо сказать, пропадешь!

Авенирка чирикал, как воробей, и заглядывал на ходу в глаза Македону. Тот не отвечал.

Пригнувшись, они вошли в дверь хибарки. Хибарка была крошечная, сколоченная кое—как из плохих осиновых бревнушек. Она даже не была проконопачена, и её земляной пол слегка был усыпан снегом, который ветер приносил сквозь щели. Путники сложили на пол хворост. Они двигались в этой хатке, как мыши в норе. Ветер дул в щели, порошил снегом и завывал монотонно и жалобно. Отсюда можно было подумать, что лес одержал над ним полную победу и отбил ему все внутренности. Македон и Авенирка помахивали руками и притоптывали ногами, разминая окоченевшие члены.

В хате было холодно, хоть волков морозь. Очевидно, она предназначалась для осеннего жилья дровосеков и могла хоть сколько—нибудь защитить от дождя и осенней измороси, но путникам она казалась чуть не палатами.

Македон и Авенирка — беглые. Они бежали из Сибири, куда были сосланы по приговору суда, и, бежав, блуждали все лето в двух уездах, около родных мест. Иногда они нанимались в

46

поденщики на самые грязные работы, иногда побирались Христовым именем или кормились продажею лаптей, и всегда, не стесняясь, захватывали все, что плохо лежит. Хибарку эту они нашли случайно три дня назад, когда спасались от розысков из соседнего уезда. Наткнувшись на неё, они тотчас же поселились в ней, намереваясь прозимовать в ней всю зиму вплоть до красных дней, до зеленого шума, до тёплого солнца, до птичьих песен.

Бродяги размялись, оттерли руки, расшевелили ноги и стали набивать давно остывшую печку хворостом. Темные стены хибарки угрюмо глядели на их движения. На закоптелой притолоке белел выведенный мелом крест, а сбоку на стене мелом же нацарапанная надпись сообщала безграмотными каракульками:

Акулина Савишна Вечорышна давишна,
Мареа Ильинишна Сиводнишна нынешна.

Ниже была нарисована лошадь, с хвостом в роде метлы, и баба, очень похожая на самовар. На лавке, у тусклого окошка, лежали два посконных мешка, женский стоптанный башмак, пустая косушка, зазубренный косарь и солдатский пояс. Под лавкой, низкой и узенькой, стоял черенок, и лежала подкова без одного шипа. Далее, в красном углу, на треугольной полочке стоял почерневший и облупленный образ, краски которого стерло время и съели голодные тараканы. Кроме этого, в хатке ничего не было — никакой мебели, никаких украшений.

Между тем, бродяги уже достаточно набили печку хворостом. Авенирка отвернул полу дырявого полушубка, чтобы вынуть из кармана штанов кисет с кремнием и огнивом, Сейчас он выбьет огонь, затопит печку и пригреет свое иззябшее тело. Македон задумчиво остановился перед печкой, засунув ладони рук в рукава полушубка, и его лицо приняло то выражение, с каким люди глядят на горящие дрова.

— Хорошо у огня—то, — лениво говорит он.

Авенирка пошарил в кармане штанов и побледнел. Его лицо жалобно сморщилось, руки беспомощно повисли. Он почмокал губами и вдруг ударил себя руками по полам полушубка.

— Македон, — сказал он, бледнея, — кисета нету, в лесу обронил!

Македон двинулся к нему и побледнел тоже.

— Врешь? — вскрикнул он и впился глазами в лицо Авенирки.

Тот опять хлопнул себя по бокам руками.

— Как перед Богом, Македон, в лесу обронил.

— Так ищи, собака! — крикнул Македон, не отрывая глаз от лица Авенирки.

Тот виновато развел руками.

— Нигде, Македонушка, нету.

Он заморгал глазами. В глазах Македона загорелись две зелёные искорки. Он сделался похожим на волка.

— Нигде нет, щучий сын, — крикнул он злобно, — о щах, пустая душа, думаешь, бани, крыса лесная, хочешь! Э—эх! — он замахнулся кулаком, но поймал в глазах Авенирки слезы и только презрительно двинул губами.

Между тем, Авенирка подбежал к двери, упал у порога на четвереньки, поползал, выщупывая пол, затем, распахнув дверь, выбежал вон и через минуту снова возвратился в хату.

— И в сенях, Македон, нету; в лесу обронил! — прошептал он, разводя руками, и всхлипнул.

Македон мрачно смотрел на него.

— Идем в лес по следу искать, — проговорил он и снова крикнул в самое лицо Авенирки: — Пропадем мы без огня—то! Слышишь? Пропадем!

— Идем, — всхлипнул Авенирка и, внезапно повернувшись к образу, снял шапку и прошептал:

— Господи, заступники, святые угодники!

Он перекрестился, опять сказал "Господи", сильно втягивая в себя воздух, и надел шапку.

— О щах вот все, пузо прожорливое, думаешь, пищу горячую больно любишь, — уже несколько снисходительней заметил Македон, пригибаясь и выходя из хаты.

III

Бродяги снова очутились в лесу. Они пошли старым следом, хотя его уже сильно запорошило метелью. Они запускали руки в снег, разгребали его пальцами, как граблями, лазили на четвереньках, обшаривали каждый кустик, ощупывали каждый пенёк среди крутящегося снега и воющего ветра. С красными, остуженными руками и опухшими лицами, запорошенные с ног до головы снегом, они продолжали свои поиски с непоколебимым упорством, запуская одеревеневшие пальцы под прошлогодние листья, под коряги, в дупла и расщелины, туда, где кисета даже и не могло быть.

Уже в лесу совершенно стемнело, уже зимние сумерки быстро сменились ночью; уже в мутном небе блеснули тусклые звезды, и голодная волчица протяжно завыла под курившимся скатом гудевшего и свистевшего оврага, а они все еще продолжали свои поиски с неутомимой выносливостью и упорством.

Наконец, они поднялись с земли, охлопывая руками снег с дырявых боков своих полушубков, и долго безмолвно глядели в глаза друг другу. Их щеки и уши опухли от холода; они окоченели.

— Нет кисета, — наконец, выговорил Авенирка, — что же нам, родимый ты мой, делать?

— В баньку сходить, попариться! — злобно крикнул Македон и двинулся вправо среди курившегося леса по их старому, полузаметному следу. Авенирка, по колени в снегу, виновато поплелся за ним.

— Слушай, — сказал он, нагнав Македона, — идем искать дорогу в деревню.

Македон повернулся к нему. Его опухшее лицо перекосилось от злобы.

— В деревню? В какую деревню? — крикнул он, — До Аннушкиной слободки восемнадцать верст, до Сердобольского хутора двенадцать, до Акимова двадцать две. Куда же мы понесем ночью свое рванье? И ты думаешь, я донесу туда эту дыру? — крикнул он, хлопнув рукою по разрезу своего полушубка.

Авенирка виновато потупил глаза.

— В хату мы пойдём, — бешено крикнул Македон, пригибаясь к лицу Авенирки, — помирать в хату!

Он ухватил Авенирку и потряс его за шиворот. Но в его глазах он увидал то выражение тоски и беспомощности, какое бывает у зайца, когда его прикалывает охотник. И он выпустил его из своих одеревеневших рук.

Они снова безмолвно двинулись среди гудевшего и стонавшего на разные голоса леса.

Когда они вышли на поляну, на крыше их хаты крутились два

снежных вихря. Они то приближались; то удалялись друг от друга, как два вертящихся волчка, то внезапно рассыпались шатром, но тотчас же возникали снова. И эти вихри показались Авенирке двумя беснующимися призраками, двумя "нечистыми". Ему казалось, что они пляшут, злорадствуя и торжествуя, и поджидают к себе в гости двух бездомных бродяг, две заблудившиеся овцы, из которых они выпьют в эту ночь всю кровь и превратят их в две ледяные сосульки. Авенирка шел за Македоном, коченея от холода и ужаса.

IV

Бродяги вошли в хату и заперли дверь на крючок. От стен хаты веяло холодом. Ветер приносил в щели снег, усыпая земляной пол хаты. Авенирка неподвижно уселся на лавке. Македон заходил из угла в угол, потирая руки и разминая ноги. Он ходил долго, упорно, точно с чем—то борясь, точно делая кому—то назло. Авенирка все так же неподвижно сидел да лавке, словно прислушиваясь к вою ветра. Ему было лень шевельнуть пальцем. Между тем, Македон перестал переходить из угла в угол, а кружился среди хаты, выделывая какие—то странные зигзаги, и каждый раз при своем движении взад и вперед упрямо повторяя их. Авенирка заметил это, и ему даже стало страшно, хотя он уже не был способен особенно сильно ощущать страх. Он лениво приподнялся с лавки, тронул Македона за рукав и полез на печку. Македон безмолвно последовал за ним. Они улеглись на холодной печке, тесно прижавшись друг к другу, поджимая чуть не к подбородку колени и кутаясь в свое рванье. Однако, Авенирка пролежал на печке недолго. Внезапно сонливость исчезла; ее заменил ужас и, вместе с тем, его точно что осенило. Он соскочил на пол и, подбежав к отверстию печки, выкидал из неё весь хворост.

Затем он стал выгребать оттуда чуть теплую золу, забирая ее руками в полы своего полушубка. Затем так же поспешно он возвратился обратно и развалил ее ровным слоем но лежанке, уступив половину на постилку для Македона. После этого он лег на эту золу животом и запустил в неё, насколько это было возможно, обе руки, пытаясь взять в себя все тепло, которое заключалось в ней. И тут же он подумал, что не дурно было бы им обоим совсем забраться в печку; но он тотчас же сообразил, что её отверстие слишком мало и годится для ночлега разве только собаки. И он продолжал лежать рядом с Македоном.

Однако, зола скоро остыла, отдав все свое тепло бродягам и не согрев их.

И тогда Македон, внезапно перевалившись через Авенирку, соскочил на пол и стал как бы плясать, размахивая руками и притопывая ногами. Авенирка видел, как развевались полы его полушубка и как злобно сверкали его глаза. И он понял, что на его товарища опять нашло то "давишнее", что побуждало его в лесу трясти Авенирку за плечи.

Авенирка безмолвно смотрел на плясавшего Македона тусклыми глазами и все собирался что—то сказать ему. У него даже была одна очень хорошая мысль, но он забывал ее тотчас же, как только собирался открыть рот. Впрочем, Македон и сам прекратил пляску. Шатаясь, он подошел к печке, судорожно уцепился обеими руками за её деревянный ободок и вдруг зарыдал, встряхивая головой и плечами, точно его тошнило.

— Бродяжничали весь век, как псы, — говорил он, рыдая, — и помрем, как псы, без покаянья!

Он рыдал долго и тяжко, но постепенно его рыдания перешли в тихий плач. Он плакал, как ребенок, утирая кулаком слезы и прислонившись лбом к деревянному ободку печки. Ему как будто становилось легче. И тогда в дверь хатки кто—то постучался. Македон услышал этот стук, очень похожий на стук ветра, но понял, что это стучится не ветер, а смерть. И это успокоило его окончательно. Он взобрался на печку, перелез через Авенирку и лег, устроившись поудобнее.

Завыванье бушующего ветра доносилось в умолкшую хатку. Бродяги лежали рядом на холодной печке и спали. Впрочем, даже не спали, а как—то странно грезили. Они то закрывали, то снова открывали глаза, то щурили их, как бы во что—то внимательно всматриваясь и грезили.

Македону виделось, будто он идет лесом, выслеживая зайца, и чем дальше идет он, тем больше хочется ему идти, и тем *легче* становится он сам.

А Авенирке грезилось, будто он сидит в бурьяне, на задах своей деревеньки, между малиновых головок репейника, и хлебает из котелка горячие щи. А перед ним будто стоит, подперев кулаком подбородок, его жена Дарья, которую зовут на деревне Дарьей—Соболихой. И будто она толстая и короткая, очень похожая на самовар. И будто она вся такая добрая. И румянец у неё на щеках добрый, и губы толстые и добрые, и подбородок тупой и добрый. Но что всего удивительнее, Авенирка не только чувствовал, что он сидит и ест, но и видел самого себя и даже как будто наблюдал за собою. И даже как будто Авенирка наблюдавший и Авенирка хлебавший щи мало имели между собой общего.

Бродяги лежали на печке и грезили, и с каждой минутой их грезы становились все успокоительней. Они щурили глаза и внимательно вглядывались в пространство.

Потом им обоим сразу пришло на мысль, что они умирают, и что им нужно покаяться в грехах. И в ту же минуту в дверь лесной хаты кто—то постучался вторично, и стук на этот раз был слышен явственней и звучал настойчивей. Македон первый услышал его и хотел было сказать Авенирке, чтобы он отпер стучавшему в дверь, и если это человек, спросил бы у него огонька. Но он не успел сказать этого, потому что Авенирка понял его и без слов и, соскочив с печки, поднял из петли крючок.

V

Дверь распахнулась без скрипа, в хату ворвался стихающий шум ветра, и на пороге появился странник. Он казался одетым во все белое, может быть, оттого, что вся его одежда была сплошь занесена снегом, и видом походил на странствующего монаха. За руку он держал маленького мальчика, одетого тоже во все белое. Странник неторопливо затворил за собою дверь и троекратно перекрестился на образ. Мальчик сделал то же. Его крошечная ручка дрожала от холода.

— Эхе—хе, — вздыхал странник, — Господи Милостивец, Царица небесная, святые угодники, мальчонка у меня иззяб шибко. Здравствуйте, Божьи люди!

— А нет ли у тебя огонька? — спросил Авенирка, стоя на полу, как бы в полусне.

— Эхе—хе, — вздохнул странник, — нет родимый, нет огонька, какой у меня огонёк. Мальчонка вот у меня замерз совсем. А вы что, родимые, помираете?

— Помираем, — отвечал с печки Македон.

— Помираем, — вздохнул Авенирка, влезая на печку.

— Ну, и мы помирать будем, — завозился странник, усаживаясь под образами вместе с мальчиком. — На миру, говорят, и смерть красна, — продолжал он, — себя не жалко, мальчонка жалко; мальчонка сберечь бы, добрые люди, надо.

Странник вздохнул и опять завозился.

— На печку бы лезли, — сказал Македон.

— Нет, я под образами, — шевельнулся странник, похлопывая рука об руку, — под образами, Божий человек. Все равно помирать—то надо. От смерти, милая душа, не уйдешь. Мальчонка вот жалко, мальчонка иззяб шибко, шапчонка на нем больно плоха. Э—хе—хе, милые люди!

Авенирка шевельнулся на печке. Внезапно при слове "шапка" в его душе словно что—то проснулось. Он понял, что ему нужно что—то сделать, но что именно — он хорошенько не знал. Он напряг все свое внимание и, наконец, понял.

— Слышь, — отозвался он лениво, — взял бы ты у меня шапку—то. У меня шапка новая, хорошая. Мальчонка сохранить бы надо, а мне все равно помирать—то.

Он снял с головы шапку и нисколько не удивился этому, потому что чувство, побудившее его на этот поступок, всегда было живо внутри его, но он боялся и чуждался его. Он сознавал, что раз он пойдет по этой дороге, он уже не вернется назад, туда, куда звали его все привычки. И раньше он боялся этого, а теперь не боится, потому что перед ним не жизнь, а смерть. Но, исполнив это, он не почувствовал в своей душе ни умиления ни блаженства, а только как бы некоторое облегчение, как работник, исполнивший заданный ему урок.

Авенирка держал в руках шапку. Странник, шмыгая ногами, подошел к нему и принял ее из его рук.

— Э—хе—хе, — вздохнул он. — Вот спасибо; мальчонку—то сберечь надо, а ты все равно помрешь. Чувствую я, что помрешь. И, что—то нашёптывая, он ушел к себе в угол. Надень, мальчик, шапочку, — заговорил он, — надень, родимый, шапочку, — теплей, голубок, станет. Ишь у тебя и сапожки—то худые—рваные, ознобил ты свои ножки младенческие. Э—хе—хе, сохранить бы младенчика надо. Жалостлив я, да неимущ!

Македон приподнялся на печке.

— Жалостлив на чужой карман, — лениво отозвался он, — своих небось не отдашь!

— Свои не отдам. Милая душа, — вздохнул странник, — свои не отдам.

И тут Македон увидел его ноги — они были босы, обморожены и покрыты желтыми пузырями. Македон мрачно сбросил с себя сапоги, улегся на печке лицом к стене и не сказал ни слова.

Странник, шмыгая ногами, подошел к печке и поднял с полу сапоги.

— Вот спасибо, милая душа, за сапоги, — говорил он, — Тебе их, известно, не нужно, ты все равно и в сапогах помрешь, а мальчонка сохранить надо.

И Македон слышал, как он завозился под образами, обувая мальчика в сапоги. Потом он и сам уселся на лавку, похлопывая рука об руку, вздыхая и повторяя свое "э—хе—хе". Он долго сидел так и, наконец, снова повернул свое лицо к бродягам.

— Помираете? — вздохнул он. — Помираете, милые души? Коль помираете, покаяться перед смертью надо бы. Покаяние — любви родной брат. Покаяние, — что твое солнышко — сердце греет. Покаялись бы, — повторил он, вздыхая, — да припомнили бы хорошенечко, дела за собой какого доброго не знаете ли? Припомнили бы, милые души.

И бродяги поняли, что надо покаяться.

Первый начал Македон. Он заговорил медленно, лениво и вяло, с трудом вытягивая из себя слова, между тем как его сердце было торжественно и серьезно.

Его жизнь — сплошной грех. Он всю жизнь плутовал, воровал и мошенничал.

По суду лишен всех прав и полжизни изжил в острогах, где научился играть в карты, рассказывать богохульный прибаутки и делать из олова серебряные двугривенные.

Македон доброго дела не знает за собой ни одного.

— Ни одного? — вздохнул странник. — Э—хе—хе, худо, родимый, в аду, голубок, будешь. Плохо, милая душа!

— Знаю, что в аду, — сказал Македон и заплакал.

И тогда стал говорить Авенирка.

Его жизнь тоже один сплошной грех. Он так же, как и Македон, вор и негодник. Он даже много хуже Македона. По суду он лишен особых привилегий, но, вероятно, в шутку. Привилегии у него отродясь ни одной не было. А если бы и была у него какая—нибудь, хоть самая завалященькая привилегия, он бы, наверно, ее пропил или проел, так как питает к водке и горячей пищи слабость непреодолимую. В тюрьме он тоже провел полжизни. Доброго дела не знает за собой ни одного.

— Э—хе—хе, — вздохнул странник, — и ты, милый человек, в аду будешь.

— Знаю, — Отвечал Авенирка и тоже заплакал.

Бродяги лежали на печке и плакали. Им было горько сознавать не то, что ушла их жизнь, а что ушла она так скверно и смрадно.

Они напрягали память, чтобы припомнить хоть одно доброе дело, но не могли припомнить. И они плакали, и их слезы были горьки и горячи.

И тогда странник сказал:

— А теперь и вы, милые души, послушайте мою сказочку. Послушайте и поплачьте да припомните, дела какого доброго за собой не знаете ли. Сказочка моя, добрые вы люди, простенькая и называется она "Сказочкой о двух крендельках".

VI

Странник вздохнул и начал:

— В некоей деревушке небогатой, по косогору за речкою, почитай что у самой околицы, жили—были два мужика лавочника, два брата родных, Авдий и Прохор. И была они оба нравом злы, сердцем черствы и всю свою жизнь за прилавком стояли, калачами и разными товарами торговали, денежки чеканили, копеечку к копеечке прикапливали. И этим живы были. Только стоят раз оба брата, Авдий и Прохор, у себя в лавочке, стоят и покупателей к себе поджидают, заранее в уме за этот день барыши подсчитывают. И вошли к ним в лавочку три мальчика. В этот час обоз переселенцев деревней шел, и мальчики эти самые из обоза в лавочку забежали. Двое мальчиков прибежали резвые, веселые да румяные, бегут, друг друга локотками подталкивают и прямо к прилавку, крендели себе покупают, и каждый тут же на прилавок семишничек свой, смеючись, положил. А третий мальчик, худенький да бледненький, у притолоки стоит, только на них поглядывает, на кулачки свои красненькие дует. Купили мальчики крендельки, по карманам их рассовали, а по одному в руку взяли, чтобы по дороге съесть. Смеются мальчики и говорят лавочникам Авдию и Прохору, на бледного мальчика указывая: "Он, — говорят — дяденька, не крендельки покупать пришел, а просто так, с нами постоять. У него, — говорят, — и семишника—то сроду не бывало. Он, дяденька, пригульный сын солдаткин!" Смеются ребятишки и друг друга локотками подталкивают. Ребятки— то, конечно, не понимали хорошенько, что говорили; язык их ребячий молол, а сердце тут не при чем было. А мальчик

58

бедненький у притолоки стоит, на кулачки дует, слушает их и даже не обижается. Улыбается только. И улыбается так, что у Авдия и Прохора первый раз в жизни сердца дрогнули. Поняли они, что мальчик—то до такой точки доведён, что и обижаться уж перестал. Дрогнули сердца у Авдия и Прохора, и дали они мальчику каждый по крендельку. А мальчик долго и руку протянуть за крендельками боялся, глазам своим не верил, не высмеять ли хотят, дескать? Однако, прочитал он в глазах лавочников ласку и крендельки принял. И тут же за товарищами в припрыжку побежал; дорогой, слышно, смеется, радуется. Не кренделькам он, милые вы души, рад был, а ласке. Возликовало сердце его младенческое, потому что, может быть, первый раз в жизни доброту людскую узнало. И убежали все три мальчика за обозом. Случилось это, голубчик, ровно в четверг на первую седмицу поста Великого. А на Страстную седмицу случилось так, что Авдий с Прохором в соседнию деревню долги выколачивать ездили; ездили и дорогой в зажор попали; обмокли, занедужили и на Фомину неделю Богу преставились. Явились Авдий и Прохор перед Судиями верховными, перед Господом Богом—Отцом и Его Сыном. И велел им Бог—Отец рассказать Ему все грехи их. Сказали Авдий и Прохор все грехи свои и замолкли. И обрек их Бог— Отец на муки адские. Но тут просил Сын Божий у Отца слова, и слово было дано Ему. И сказал Сын Божий Авдию и Прохору: "Не припомните ли за собой дела доброго?" Подумали Авдий и Прохор и отвечали: "Не знаем за собою дела доброго, Господи". И опять сказал им Сын Божий: "Я — Сын человеческий, Меня ли устыдитесь? Подумайте хорошенько, не забыли ли о чем, не утаили ли чего малого, но доброго?" Подумали Авдий и Прохор и вспомнили тут о двух крендельках.

Странник замолк, вздыхая и растирая свои больные ноги. И вспомнили тут бродяги; не они ли отдали мальчику сапоги и шапку, когда замерзали сами? И хотели они сказать об этом страннику, но не сказали, потому что на них нашло сомнение. И поняли они тут же, что не дело доброе совершили, а исполнили обязанность свою, для чего и в мир рождены были. И, исполнив ее, поэтому и облегчение в сердцах ощутили, как работник, совершивший урок.

И продолжал странник:

— Вспомнили Авдий и Прохор о крендельках и хотели сказать о них Сыну, но не сказали, потому что на них нашло сомнение. И поняли они оба тут же, что не дело доброе совершили, а исполнили обязанность свою, для чего и были в мир призваны. И, исполнив ее, поэтому и облегчение в сердцах ощутили, как работник, совершивший урок. Посмотрел Сын Божий на Авдия и Прохора и прочитал мысли их. И улыбнулся Сын Божий светло и благостно, и возликовали младенцы в колыбелях, и заплакали разбойники по казематам. И заплакали Авдий и Прохор. — И продолжал странник голосом великим и благостным, как труба ангельская: — И сказал Сын Божий: "Жив человек, в ком сознание это есть, ибо совершится тогда все, что сказано... Но мертв человек, в ком сознания этого нет, ибо не даст он плода вовеки, как сухая смоковница".

И вышел странник на средину хаты, просиял всем существом своим и стал красоты неописанной. И исчез мальчик. И приподнялись Македон и Авенир, чтобы поклониться страннику, но не могли поклониться и упали навзничь, потому что их ослепил свет.

И приблизился странник к Македону и Авениру и сказал:

— И подошел Сын Божий к Авдию и Прохору, к Македону и Авениру, и благословил представившихся Ему.

И разверзлись тут стены хаты, и все смешалось.

СЫЧ

Прозвище ему было Сыч. Пять лет он прожил в одной и той же экономии, летом пася овец, а зимой карауля усадьбу. Вид у него был самый жалкий и убогий; он хромал на обе ноги, и два ребра его были сломаны, почему он часто прихварывал, жалуясь на боль в груди. До пятнадцати лет он рос здоровым и краснощеким парнем, но тут с ним произошло несчастье. Отец взял его "на помочь" возить снопы к соседу—барину; на помочи все — и старые и малые — перепились, и, когда он после работы ехал домой, лошадь его понесла под гору; он выпал из телеги, и пять задних фур проехали по нем своими колесами. Сыч стал калекой; о крестьянской работе, о женитьбе, о собственной семье и хате нечего было и думать.

Приходилось вымести все это из головы, причислиться в разряд непригодных к работе старцев и подыскивать себе какое—нибудь занятие, чтобы кормиться. Он подумал, подумал, и пошел в пастухи, а когда стал постарше, — по зимам, кроме того, нанимался в ночные караульщики. К 30 годам из него вышел знатный пастух и чуткий ночной сторож. Не вздремнуть ни одним глазом в долгую зимнюю ночь было ему нипочем, поэтому—то его и звали Сычом. К этому же времени отец, и мать его умерли, и у него осталась одна тетка. Раз в месяц она приезжала к нему с каким—то свертком под мышкой. Лицо у неё было ужасно длинное, изрытое морщинами и с таким выражением, точно она только что кого—то похоронила и собиралась вопить. Сыч выходил к ней навстречу и удалялся вместе с нею за рабочую избу; там они вели о чем—то разговор, а затем тетка вручала ему свой сверток, в котором оказывались чистая посконная рубаха и такие же штаны. Сыч после этого, если на дворе было не особенно холодно, повертывался к тетке спиною и тут же переодевался во все чистое, а грязное отдавал тетке для стирки. Во время этих посещений Сыч обыкновенно спрашивал у барина деньги, которые и совал за избой в коричневую руку тетки; а та всегда смотрела в это время куда—то вбок и слезливо моргала глазами. Кроме этой тетки, к нему никто никогда не приезжал; жизнь его катилась монотонно и однообразно.

С половины октября до половины марта он выходил обыкновенно из рабочей избы, когда на дворе уже совершенно темнело, на небе показывались звезды, и за усадьбою на сеновале старых полуразрушенных конюшень пронзительно кричали совы. В одной руке он всегда держал в это время длинную дубину, в другой колотушку — непременную принадлежность караульщика. Постукивая в колотушку и ковыляя на своих вывернутых внутрь ногах, он ходил по всей усадьбе, напевая себе под нос что—то скучное и монотонное, как жизнь сторожа. Осенью его хлестали дожди, зимою метели. Когда начинался рассвет, и совы прятались по своим дуплам, он уходил в рабочую избу, заваливался на горячую печку и спал. Так проходили у него осень и зима. Но в половине марта овцы начинали ягниться, и на его обязанности лежало приглядывать за ними; Сыч в это время делался акушеркой и кормилицей, так как он выпаивал рожком сироток, детей нерадельных маток и двойняшек. В эти дни его можно было видеть окружённым где—нибудь на солнцепеке целым табуном ягнятишек, прыгавших около него на своих долговязых ногах и сосавших его грязные пальцы. Он их любил, различал по самым незаметным признакам, и своих любимцев звал "востроглазыми". Когда же весна вступала в свои права, и зеленая щетинка травы покрывала собою землю, Сыч с четырьмя или пятью подпасками — мальчиками угонял овец вплоть до глубокой осени на пастуший хутор, версты на три от усадьбы. Он делался пастухом. Новоселье он открывал тем, что натыкал вокруг летних кашар колышки, перевязанные лыком; хитрый волк видит в этом приготовленную для него западню и далеко обходит кашары. Кроме того, Сыч после заката, надев все чистое и заранее приготовленное коричневыми руками тетки, приходил в кашары и, стоя там на своих вывернутых ногах среди овец, шептал, устремив взор в потолок:

Егорий храбрый, на синю гору
Мани свою карту, рот вяжи!
Спаси моих овечушек от всякого зверя,
От лихого человека, от напасти! Аминь!

Это заклятие он произносил трижды с глубокой, светившейся на всем лице верой, что после этого ни один волк не посмеет и близко подойти к кашарам. Так он открывал свою пастушью жизнь. И затем вплоть до глубокой осени, вплоть до пронзительного ветра и жёлтых листьев, он жил среди подпасков и овец, греясь на солнце, ночуя под открытым небом и вечера просиживая у костра, как библейский израильтянин. Так проходило его лето, осень, зима и вся жизнь. Любил ли он когда—нибудь женщину, мечтал ли о собственной семье, тяготился ли своей одинокой жизнью, — об этом никто ничего не знал.

Однажды — это случилось в декабре, в голодный год — Сыч ходил на вывернутых ногах по усадьбе, постукивая в колотушку и прислушиваясь к потрескиванью мороза. Ночь была морозная и тихая. На белом, как пух, снегу неподвижно лежали лиловатые тени усадебных построек; тишина была мертвая; только сырые бревна строений потрескивали порою от молчаливого дыхания мороза. Сыч ходил, стучал в колотушку и слушал. И вдруг под одним из амбаров он услышал подозрительный шорох. Сыч окаменел, вытянув шею. Шорох повторился. И тогда, сунув колотушку за кушак, Сыч пошел к амбару, осторожно ступая по снегу, как лисица, подкрадывающаяся к зайцу. Таким образом он подошел к амбару, слегка пригнулся и стал смотреть под его высокий сруб. Очевидно, он увидел там что—нибудь очень любопытное,

63

потому что его лицо внезапно осветилось как бы весельем; минуту он помолчал, а затем весело проговорил:

— Ну, будя; нацедил, брат, с полпуда, и будя! Вылезай, брат, не то собаками стравлю! Эх, сокол!

Сыч подождал ответа, но ответа не последовало; под амбаром было тихо, совершенно тихо, и Сыч заговорил снова:

— Чего молчишь—то? Чего слепого на бревна—то наводишь? Ай, думаешь, не вижу? Лежит, как добрый, на спинке, буравом половицу просверлил и муку из сусека цедит! Воры, анафемы! У меня, брат, не сопрешь; врешь, — жидок! Вылезай, говорят тебе, а не то всю псарню скричу!

И тут Сыч легонько свистнул; где—то на задворках в ответ на его свист тявкнула собака. В то же время из—под амбара на четвереньках вылез рваный мужичишка с мешком в руках.

— Вот так—то лучше — проговорил Сыч оглядывая мужичишку.

Мужичишка был рваный, шершавый, с лохматой бородёнкой. Сыч сразу признал в нем Капитошку, голого мужичишку из соседнего села.

— Вот так—то лучше, — снова проговорил Сыч с весельем на лице. — Теперь идем в контору. Лапочки тебе свяжем — и в волость; там вашего брата не балуют.

Капитошка стоял перед ним в лунном свете, хлопал глазами и слегка дрожал в плечах.

— Ослобонил бы ты меня, красавчик, — наконец, сказал он с улыбкой.

Сыч внезапно рассердился.

— В контору, говорят тебе, чёрт! — крикнул он, пуская серебряный пар и ловя за локоть Капитошку.

Они сцапали было друг друга за кушаки, но тут с Капитошкой произошло нечто неожиданное.

Внезапно он весь как—то осел и опустился на снег; его голову задергало; он завизжал:

— Чёрт! — визжал он, сидя на снегу, — мучки жаль, пуда мучки жаль! Сейчас помереть на месте: жена, детишки, дочь—невеста! Жрать нечего, сейчас издыхать. Чёрт, пра, чёрт! — визжал мужичишка, припадая лицом на грязные ладони рук.

Сыч глядел то на него, то на свои кривые ноги; веселье исчезло с его лица.

Между тем, мужичишка, весь залитый лунным светом, все еще сидел на снегу, плакал, сморкался в кулак и причитал:

— Око—ле—ваем, чёрт... животы у всех подвело, сейчас умереть... а ты разлетелся... сытый чёрт!..

Сыч молчал и чесал затылок; очевидно, его голову сверлила какая—то мысль. Так прошло несколько минуть.

— Вот что, коли так, — наконец, проговорил он: — бери муку и домой ступай; только слушай, слушай только: муку эту ты мне через пять ден наза оберни. Понял? Я а тебя не ответчик... Вас, воров много, а я один... Я за всех не ответчик. Не вернешь, — барину доложу.

Когда Сыч в задумчивости произносил последние слова, мужичишка был уже далеко, работая локтями и несуразным пятном маяча в лунном свете.

Через два дня, в полдень, Сыч пошел на село к Капитошке, чтобы напомнить ему о муке. Однако, Капитошки он дома не застал; тот исчез куда—то, приискивая заработка. В курной избе слонялась только его баба, грязная и худая, у лохани ползал мальчишка в подоткнутой рубашонке, а у окна сидела девка—невеста с похудевшим лицом и грустными серыми

65

глазами. Никакого толку Сыч от них не добился, но это его почти не огорчило, и, выйдя из курной избы на морозный воздух, он шутливо прошептал:

— Дело дрянь... А дочь ничего... востроглазая...

Через несколько дней он снова пошел на село к Капитошке и у околицы встретил его дочь. По её словам оказалось, что отец как в воду канул: о нем не было ни слуху ни духу.

— Видно, работы где—нибудь ищет, — говорила девушка тоскливо, — а мы по кусочкам ходим. Есть нечего.

Сыч чмокал губами, вздыхал и говорил:

— Плохо дело... Теперь за твово тятьку ответ держать придется... Дрянь дело!

Лицо у Сыча было грустное. Когда же девушка собралась уходить в избу, он внезапно, как бы в задумчивости, сказал:

— А то ништо вот чего: постойка—сь, принеси—ка ты мне мешочек сичас; я вам, гляди, мучки пудика два нацежу, ... Шибко ты похудела, востроглазая!

И он улыбнулся; девушка улыбнулась тоже.

Ночью 25 февраля экономический конторщик Прокуратов внезапно застиг Сыча в то время, как он лежал на спине под амбаром и в объёмистый посконный мешок цедил сквозь половицу муку, просовывая взад и вперед топкую палочку в нарочно для этого просверленное отверстие.

Сыч был посажен в тюрьму. Первые дни он как будто ничего не понимал, а затем заскучал. Ночью ему не спалось; его тянуло на морозный воздух, к покинутой колотушке, к жизни сторожа. Ему не сиделось на месте; арестанты часто видели его по ночам ковылявшего из угла в угол с осунувшимся лицом и тоскующим взглядом; порою он подходил к окну, выстукивал какой—то скучный мотив по подоконнику и глядел из—за решетки на звезды и снег. В марте он достал откуда—то полудохлого котенка и выпоил его с пальца арестантским молоком. В мае его потянуло в степь, к стадам, к шуму травы и хлопанью арапников. В это время его часто видели сидевшим где—нибудь в уголке и сучившим из кудели длинные пастушьи кнутья. Наконец, как—то вечером, сторожевые солдаты поймали его в то время, когда он пытался перелезть через каменную стену тюрьмы. Сыч был жестоко избит прикладами и два месяца пролежал в госпитале. Когда его выпустили из тюрьмы, — это был больной и жалкий старик. Однако, свобода его ободрила; с неустанной энергией он пустился на поиски любимых занятий. Его неудержимо влекло летом пасти стада, а зимой слушать вой ветра и стучать в колотушку. Но его нигде не нанимали; весть о краже муки прошла по всем экономиям уезда. Сыч проел полушубок, обрядился в подпоясанный веревкой кафтан и пошел с сумкой за плечами из села в село, Христа ради. Сыч сделался нищим.

Была осень; хмурый день стоял в полях, наполняя воздух слизью тумана; моросил дождик, мелкий и скучный; по дорогам стояли мутные лужи, и колеса проезжих телег шипели в вязких и липких колеях. Сыч, сгорбившись, как старик, шел деревней, ковыляя вывернутыми ногами. Порою он подходил к тусклому окошку, стаскивал с головы рваную шапчонку и тянул нараспев:

— Подайте, Христа ради, убогому.

В одной избе отворилось оконце, и румяная баба протянула Сычу кусок хлеба. В этой бабе Сыч сразу узнал "востроглазую". У её груди был ребёнок. Сыч долго глядел на неё с просветлевшим лицом и, наконец, пряча поданный ломоть хлеба в намокший от дождя мешок . спросил:

— Это твой ребёночек, востроглазая?

— Мой, а что?

И баба ушла от окна вглубь избы.

А Сыч все стоял и чего—то ждал, пока мужичий голос не крикнул ему:

— Ну, чего стоишь—то? Подали, — и проваливай, голубок.

Сыч под моросившим дождём поплёлся к следующей избе; глаза его шибко заволакивало, и, когда ему подали там кусок хлеба, он не видел этого куска и продолжал тянуть нараспев:

— Подайте, Хри—ста ради, у—бо—го—му!

МИЛОЧКИ

I

Встречали ли вы когда—нибудь Милочку? Я думаю, — встречали.

Милочка — тип весьма распространенный. Ежегодно этого фрукта рождается великое множество и отчасти поглощается внутренним спросом, а отчасти экспортируется не без успеха, так как спрос на этот товар баснословен, и баснословен вот именно в виду необычайной практичности этого товара.

Милочки удивительно практичны. Практичность эта наисущественнейшее их качество, заменяющее им все добродетели. И поэтому они чрезвычайно горды, до того горды, что когда Милочки думают о себе, их ноздри слегка раздуваются, словно они нюхают фимиам. Все Милочки безукоризненны, среди них виноватых совсем не бывает, виноватых они называют не иначе, как "тварь", и при этом они премило фырчат и носиком, и губками. Вообще все Милочки великолепны. Все свои маленькие делишки они умеют обделывать самым наилучшим способом. Самым наилучшим способом они изживают всю свою жизнь и самым наилучшим способом уходят в надзвездные страны.

Иногда они искренне удивляются даже, почему их не берут на небо живыми, ибо в своих собственных глазах и в глазах света они всегда белее альпийских снегов.

И, конечно, все Милочки выходят замуж. Любовники бывают и у них, точно так же, как и у виноватых, но они не бьют себя в этих случаях в перси и не разыгрывают по этому поводу никаких трагедий. Весь их наружный вид не выдает их в этих случаях ни одной точкою. Они всегда выдержаны и спокойны, словно они едят дыню. Если у них нет детей, они говорят обыкновенно своим любовникам:

— Если бы у меня был ребенок! Ты понимаешь? Чем мне иначе наполнить жизнь? О, Боже!

При этом Милочка с жестом отчаяния хватает себя за виски и делает трагические глаза.

А если у нее есть ребенок, она говорит так:

— Если бы у меня не было ребенка! А теперь, — ты понимаешь? Я на всю жизнь прикована к этой тачке! О, Боже!

И она в этом случае хватает себя за виски с таким же жестом и точно так же делает трагические глаза.

Иногда же, вероятно для разнообразия, она говорит о своем муже:

— Ты понимаешь... Я молода... Это с моей стороны может быть гнусно, но ведь он почти не мужчина!

Словом, Милочка никогда и ни в чем не бывает виновата, и проговорив то, другое или третье, глядя по вкусу или обстоятельствам, она не без грации раздувает ноздри и с удовольствием нюхает отделяющийся от нее фимиам. Она видит себя непорочнее самой непорочности.

Виноватая и Милочка — это два полюса. Виноватая часто вдрюпывается, что называется, как кур во щи, в самые невозможные истории. Она может увлечься до самозабвения. Она фигурирует во всяких уголовных и семейных процессах, часто весьма скандальных. Она нередко рвет с мужем все до последней нитки, и открыто, "нагло" переезжает на квартиру к своему любовнику, и свет говорит о ней не иначе, как с ужасом.

Ничего подобного с Милочкой никогда не происходит. Милочка всегда скромна и тиха в глазах света, и часто ее ставят за образец жены и матери. Практичность и осторожность — девиз Милочки.

Лицемерие, заменяет ей совесть и она никогда не чувствует себя виновной перед этой совестью. Вот почему весь ее вид всегда проникнут самоуважением и спокойствием. Вот почему весь ее вид всегда и везде удивительно добропорядочен. Милочка никогда не вдрюпается в историю, и ее имя никогда не попадет на страницы газет. С этой стороны она положительно неуязвима.

Практичность и осторожность! Осторожность и практичность! Милочка великолепно и при всяческих обстоятельствах помнит об этих самонужнейших заповедях и никогда не забывает о них ни на минуту.

Я склонен думать, что у Милочек нет сердца, и они не способны ни на какие увлечения, ни на какие жертвы. Я склонен думать, что у Милочек вместо сердца существует крошечный мешочек, в области, соседней с "подложечкой", и в этом мешочке бережно сохраняется ею для собственного ее удовольствия крошечная мышиная похоть. Мышиная и воровская.

Милочки питают эту похоть, как и где умеют, всегда твердо памятуя, конечно, о практичности и осторожности. А при первом сигнале об опасности они бегут от любовников, поспешно и воровски подобрав юбочки некрасивым и поганеньким жестом. В эти минуты все их великолепие исчезает, яко дым. Собственно говоря, они никогда не любят ни мужей, ни любовников.

Они любят только практичность и осторожность, да свое собственное крошечное "я".

Они ужасно трусливы, потому что практичность и осторожность никого и никогда не делали еще храбрыми. Но между тем все мы ужасно любим Милочек. Обрушивая целые горы негодования и дикой злобы на виноватых, мы лелеем скромненьких Милочек, как наилучший цвет мира, как наидрагоценнейший перл.

Почему? А потому, что они как раз под рост нашему большинству. Мы тоже практичны и осторожны, и Милочка отлично кормит нашу мышиную похоть, благонамеренно и аккуратно, не подводя ни под какой цугундер, не вдрюпывая нас ни в какую историю.

Увлечение — оно сильно, из него порою летят пули, и оно умеет кричать на несколько кварталов. Бог с ним, с увлечением! Оборони, Создатель! Вот то ли дело практичность и осторожность трусливой и кислосладкой Милочки! И мы с удовольствием рвем с кислосладких уст Милочки поцелуй ценою в пятак и сыты этим пятаком по самое горлышко. Большего нам ничего не надо, лишь бы все обошлось шито и крыто.

Боже мой, какие мы стали маленькие! Право же в конце этого века нас придется разглядывать в микроскоп, если кому — нибудь еще будет приходить охота нас разглядывать. А может быть нас просто—напросто сотрут, как пыль. И нас и наших бесподобных Милочек, наших милых подруг, практичных и осторожных до полной потери личности. Право же, как будто все идет к тому и мы мельчаем весьма поспешными шагами. И мне кажется, что сумасшедшие крики Ницше о сверхчеловеке были только протестом против нашей дряблости и ничтожности.

Впрочем, возвращаюсь к Милочке.

Я видел ее недавно на Невском. Был хороший зимний день, бодрый, ясный и светлый, когда я случайно нагнал ее между Николаевской и Владимирской. И в то же время ее нагнал, вероятно случайно же, ее любовник. Что это был именно ее любовник, я понял сразу, из первых же слов, которыми они осторожно перекинулись. Они пошли рядом, но и не совсем близко друг от друга, соблюдая осторожность. Лицо Милочки слегка повеселело, но все же повеселело вполне осторожно и далеко не до нелепости. Она заговорила. Она сообщала ему, этому любовнику, что ее муж как будто что—то стал замечать, и она просила своего любовника быть как можно более осторожным. Тот слушал ее внимательно, и эта просьба об осторожности, и только об осторожности, звучала так нелепо в этот ясный и веселый день. Между тем они совсем не замечали этого. Осторожность, видимо, была для них гораздо важнее всей их любви, и, может быть, они вот именно и любили друг друга только для того, чтобы доказать себе наглядно, насколько они могут быть осторожными. Они прошли пять шагов и десять раз повторили слово "осторожность".

А затем они даже разъединились из осторожности и пошли один левой стороной Невского, а другая правой.

Право же на них было жалко смотреть! Ну, разве же это любовь людей?

Это — любовь насекомых.

II

Милочка выходит замуж

Я уже сказал, что все Милочки выходят замуж. Выйти замуж, это на их языке значит "сделать партию". И когда у Милочки есть более или менее приличное прилагательное, "сделать партию" не составляет для нее большого труда. Годам к двадцати все ее хлопоты по этому поводу обыкновенно завершаются блестящим успехом.

Милочка "делает партию" и надевает капот.

Другое дело, если все приданое Милочки заключается в ее необыкновенной практичности и осторожности. В этом случае ей предстоит немало хлопот; в этих случаях Милочка зарабатывает себе жениха, воистину, в поте лица своего. И поэтому—то быть может она и кушает его затем с таким аппетитом и охотой всю последующую совместную жизнь.

В погоне за женихом Милочка удивительно находчива, и если не помогает одна какая—нибудь тактика, один прием, она, не теряя самообладания и мужества, принимается за другой, за третий, за десятый, до тех пор, пока синица не окажется словленной ее проворными ручками.

А в конце концов всегда выходит именно это, ибо повторяю, Милочка находчива и трудолюбива в этих смыслах до чрезвычайности.

Приемы, при помощи которых Милочки улавливают синиц, разнообразны до бесконечности, так как приемы эти находятся в строгой зависимости от слабых сторон улавливаемого субъекта.

Милочки, как видите, поступают в этих случаях как наиталантливейшие полководцы, и прежде чем повести атаку, они самым тщательным образом изучают все сильные и слабые стороны неприятеля.

Понятно, что нападение, следующее за рекогносцировкой, обрушивается всегда и непременно на самое слабое местечко, почему и завершается обыкновенно полнейшей победой и торжеством победителя на костях побежденного.

И конечно же во время всех своих военных операций Милочки всегда руководствуются девизом:

На войне, как на войне!

С этим кличем они обыкновенно и устремляются на неприятеля.

В ящике письменного стола у меня хранится письмо, где описан один из военных приемов, коими пользуются подчас Милочки, и я приведу это письмо слово в слово, так как прием, изображаемый этим письмом, кажется мне весьма хитроумным и совершенно соответствующим духу времени.

Вот это письмо:

Недавно я едва не сделался героем великолепнейшей трагикомедии; я едва не влетел с головою в глупейшую ловушку; я чуть—чуть не женился! Можешь ли ты представить себе это? Я и вдруг женат! Я, называющий женитьбу покушением на самоубийство; я, обожающий только чужих жен; я, проевший на женщин все свое состояние и все силы своего сердца. Я, еще в зеленой юности написавший стихотворение:

> *На женщин все до нитки*
> *Ушло — Бог мой!*
> *Хожу в одной визитке*
> *В мороз зимой...*
> *На это испытанье*
> *Я не ропщу,*
> *И жаркого лобзанья*
> *В мороз ищу!*

Однако, как нашло на меня это ужасное затмение? Кто была она, героиня этой нелепейшей истории? Где и как я с ней познакомился? Ты хочешь знать, не правда ли? Но успокойся и не тереби меня за рукава; сейчас я расскажу тебе все по порядку. Внимание. Читай, любуйся и поучайся! Я познакомился с ней на улице. На нее едва не наскочил извозчик, и я галантно вырвал ее из—под морды лошади, рискуя быть смятым извозчичьим экипажем. Я ее спас, и Боже, как она мне отплатила за мою неуместную самоотверженность! Но тогда, впрочем, я еще не знал всех ее злых умыслов, и я любезно раскланялся с нею в то время, когда она, испуганная и побледневшая, стряхивала с своей муфточки шлепки грязи, брошенные колесами извозчичьей пролетки, посягавшей на ее великолепную жизнь. А затем она мило улыбнулась мне и отправилась своею дорогой славной походкой хорошенькой женщины. Конечно же я запомнил все ее лицо и всю ее фигуру, сразу до самой последней ниточки, и после этого несчастного и для меня, и для нее случая, при встрече с нею на улице, я каждый раз с самой изысканной улыбкой прикладывал руку к своей шляпе. И вот однажды, поймав такую мою изысканную (чтоб ее черт побрал!) улыбку, она подошла ко мне и сказала:

— Это может быть странно с моей стороны, но давайте знакомиться. Все же вы спасли мне жизнь.

Она в свою очередь улыбнулась и назвала мне свою фамилию. Мы разговорились и пошли рядом. Через несколько минут мы были уже друзьями, а при прощании она снова с живостью сказала мне:

— Да заходите к нам как—нибудь вечерком! Будьте любезны! И я и Иван Петрович будем вам очень рады.

При этом она снова премило улыбнулась и прелюбезно сообщила мне тотчас же свой адрес. А я при слове "Иван Петрович" почему—то тотчас же решил в своем уме (если в ту минуту у меня был еще ум), что это имя ее мужа, и я мысленно сделал губами "гм". Она пошла было от меня прочь тою же великолепной походкой хорошенькой женщины, но снова внезапно обернулась ко мне бесподобным личиком.

— И я и Иван Петрович, — проговорила она с светлой улыбкой, — обыкновенно проводим вечера в одиночестве, а это совсем невесело!

Она кокетливо шевельнула плечиками, как—то особенно мягко оглядела меня всего и точно облила меня с головы до ног сладчайшей отравой.

Я снова подумал: Гм! Ее прозрачный намек вот именно на то обстоятельство, что Иван Петрович скучен как ржавый гвоздь, я принял от нее как аванс.

На другой день вечером я уже сидел у них; то есть у нее и у Ивана Петровича. Она представила мне его, этого Ивана Петровича, просто и без всяких добавлений:

— Иван Петрович.

И только. И я оглядел его довольно внимательно. Он был старше ее чуть ли не в три раза, почему я снова подумал: Гм, гм! Она же, чуть опустив ресницы, сказала мне глазами:

— Ты видишь, как он скучен! Будешь ли ты меня уважать после этого? И ради Бога, чтоб он никогда ничего не узнал!

Уныло, — сантиментальным взором я отвечал:

— Сударыня, будьте покойны! — И я покрутил ус.

Иван Петрович глядел на нас весьма благодушно. К моему счастью, впрочем, эта старая ступа скоро куда—то ушла, оставив нас одних в милой и уютной комнате. Мы сели на крошенный диван и заговорили сразу же весьма оживленно. А потом вышло как—то так, что она сидела у меня на коленях, а я говорил ей о моей бесконечной любви и целовал, целовал ее руки и личико с редкой энергией и постоянством. И в эту минуту в прихожей задребезжал звонок. В комнату вошел Иван Петрович. Однако, я уже спустил с своих колен обожаемую женщину, и потому я взглянул на сухую фигуру вошедшего довольно равнодушно и безразлично. За свои, поцелуи я был совершенно спокоен. Однако, тут произошло нечто невозможное и сверхъестественное. Обожаемая женщина сама и без всякого с моей стороны побуждения проговорила:

— Иван Петрович, Николай Николаевич сейчас объяснился мне в любви, и я отвечала ему тем же!

Я едва не подпрыгнул, услышав эту нелепую фразу, но к моему изумлению Иван Петрович совершенно равнодушно отвечал:

— Что же? Я, пожалуй, благословлю, когда так!

Он снова скользнул по мне равнодушным и тусклым взором, а я почувствовал, что что—то оторвалось у меня в животе и закувыркалось колесом. Слову "благословить" я придал в моем уме ироническую окраску и теперь я с тоской думал:

"Чем? Подсвечником или стулом? Ужели и тем и другим? О—о—о!"

В то же время язык мой отвалился в моем рту, и я сидел на своем кресле, как немой идиот, ничего не соображая, чувствуя в своем животе вертящееся колесо.

Наконец я кое—как пришел в себя, видя, что и подсвечник, и стул не имеют никакого желания превратиться в орудия поруганной супружеской чести и торчат на своих местах с самым равнодушным видом.

Иван Петрович повторил:

— Что же? Я, пожалуй, благословлю!

И он пожал плечами.

Я сказал:

— А к—как—к—же р—ра—зз—вод?

Впрочем, я не сказал этого, а невнятно пролепетал, ибо мой язык все еще плохо работал; и он шлепал в моем рту, как оторванная подошва по панели. Между тем обожаемая женщина с живостью отвечала мне:

— Какой же развод? Ведь он же не муж мне, Иван—то Петрович, а папаша, — понимаете: папаша!

И она с игривостью заглянула в мои глаза.

В то же время я понял все, и это милое слово "папаша" ударило меня по голове нисколько не хуже подсвечника. Я удивляюсь до сих пор, каким образом я не упал со стула от этого ужасного удара. Я сидел и хлопал глазами; я уже сообразил, что Иван Петрович был не кто иной, как отец обожаемой женщины. Я сопоставил его имя и ее отчество и даже нашел в их лицах родственные черты, показавшиеся мне в ту минуту отвратительными. И в ту же минуту я постиг всю хитрость этой великолепной женщины, нарочно умалчивавшей до сих пор о ее родстве со старой ступой и желавшей поймать меня за мою слабость к замужним, как за хвост. Но что мне было делать?

С минуту я сидел в полнейшем безмолвии с отвислой челюстью и хлопающими глазами. В моем животе что—то плакало и ныло. И вдруг меня осенило светлое облако вдохновенья. Внезапно и порывисто я вскочил со стула и указывая перстом на Ивана Петровича, я заговорил все еще шлепающим, как оторванная подошва, языком.

— Не он ж—ж—женат, а я, я, я ж—ж—женат! Я тыкал себя в грудь перстом и повторял, как косноязычный:

— Я, я, я, я ж—ж—женат!

И теперь со стула полетел уже не я, а обожаемая женщина; и когда я поспешно надевал в передней свое пальто, попадая руками во все карманы вместо рукавов, до моего слуха резко долетел ее визгливый и вульгарный крик:

— Зачем же ты, идиот, кольца обручального не носишь!

Милочка находит своего обожаемого Коку

Когда Милочка в конце концов выходит замуж, "делает партию" и с величественным видом надевает капот, ее энергия приходит, как говорят физики, в импотентное состояние. Милочке некоторое время хочется отдохнуть после ее ужасной и головоломной охоты на жениха. И она отдыхает у своего очага и проливает на голову своего благоверного целые дожди игриво—сантиментальных нежностей и сахарно—медовых поцелуев. Весь вид Милочки в это время преображается. Глазки ее подергиваются туманною влагою, жесты делаются мило—расслабленными, а на ее губах загорается очаровательная улыбка. И посторонние люди, умильно взирая на эту прелестную парочку, иногда с завистью думают:

— Боже мой, как они счастливы!

Однако, в очень скором времени эта жизнь на всем готовом и с полным ртом всяких сладостей начинает казаться Милочке удивительно скучной и приторной. И свой собственный очаг, и муж, и капот теряют в глазах Милочки всю прелесть новизны, а затем надоедают до отвращения. Милочка делается раздражительной и иногда наедине сама с собой она самым искренним образом думает:

— Боже! Как я могла только согласиться быть женою такого идиота.

Конечно же, в эти минуты Милочка совершенно забывает каких тяжких трудов и неусыпных хлопот стоил ей этот идиот, и отвращение к нему растет в ее сердце с головокружительной быстротою. В интимных беседах Милочка уже начинает кое-кому говорить, что, когда она была девушкой, у нее было 50 тысяч женихов: английский посланник, французский посланник, немецкий посланник...

— И понимаете ли, я выбрала его. За что? — делает она трагические глаза, приподымая при этом плечи с выражением полнейшего недоумения.

Слушательницы этого вздора обыкновенно соболезнующее вздыхают. Милочка в первый раз в жизни закатывает вечером своему благоверному жесточайшую сцену. Она никак не может простить ему английского посланника, немецкого посланника, французского посланника.

В этой истории хуже всего то, что Милочка с этих пор уже начинает свято верить в своих посланников.

В самом деле, однажды среди необычайной провинциальной глуши на пикнике у костра одна барынька, при которой кто—то употребил в разговоре слово "немецкий посланник", внезапно спросила:

— Это какой немецкий посланник, такой—то? — назвала она какую—то немецкую фамилию и, обведя нас затем тоскующими глазами, она тотчас же добавила:

— Я это спрашиваю потому, что двоюродный брат такого—то немецкого посланника, — снова назвала она немецкую фамилию, — хотел делать мне предложение.

Почему она знала, что он хотел? Это осталось для нас тайной. Конечно, мы все слегка смутились после такого заявления тоскующей барыни и только один офицер кавказской милиции, присутствовавший на этом пикнике, невозмутимо выпалил.

— Э—э, душя мой, мало ли что хотэл! Мне пэрсыдский посланнык хотэл прэдложенье дэлать!

Кроме шуток, Милочки верят в своих посланников всей душою, и эта вера приносит в дар их мужьям баталию за баталией. Жизнь делается невыносимой, и тогда в сердце Милочки просыпается вновь былая энергия. Милочка видит, что "так жить нельзя"; ее душа, утомленная семейными сценами, жаждет развлечений, и она начинает приискивать себе партнера для общедоступных увеселений. В своих мечтах, в тайне, она уже называет его "Кокой". Кока должен прийти и наполнить мрачную пустоту ее бедной души. И, конечно же Кока приходит безотлагательно, благо предъявляемые к нему со стороны Милочки требования совсем невелики. Кока должен быть мужского пола, в брюках, это во—первых, и непременно, потому что в противном случае душевная пустота Милочки рискует быть незаполненной. Второе — Кока должен быть скромен и уметь молчать. Остальные душевные да и физические качества так же, как и цвета галстуков, для Коки не обязательны. Кока может быть чуть—чуть покрасивее черта и чуть—чуть поумнее осинового бревна. Впрочем, ему простят даже уклонения и от этой нормы. Если он будет хуже черта, Милочка скажет о нем:

— Он не красив, но у него в глазах целая трагедия!

Если же он глупее осиновой оглобли, Милочка говорит:

— Знаете, он какой—то странный. Он немножко декадент.

Словом, за Кокой далеко ходить не приходится; Коку можно отыскать везде и всюду, и Милочка его находит. Требуется только дать ему понять о мрачной пустоте ее бедной души и о средствах ее заполнения. Милочка приступает и к этому. Она снова вся как бы перерождается, и ее жесты и глаза снова делаются сантиментально—расслабленными и игриво—томными. Милочка часто вздыхает и порою тоскливо говорит:

— Вы понимаете. Эти порывы. Эти неясные стремления куда—то... О—о!

И она начинает шевелить белыми ручками, точно собираясь взлететь на крышу вон того дома.

— Сколько поэзии в этих порывах! — со вздохом добавляет она, сидя где—нибудь на скамейке, в саду, сам—друг с Кокой.

И она с томной кокетливостью раскачивает станом.

Кока облизывается и думает:

— Намек это, или не намек? Аванс или не аванс? Обожгусь или не обожгусь?

Если же Кока много глупее осиновой оглобли и неспособен собственными средствами разобраться в сомнениях, относительно аванса или не аванса, Милочка обыкновенно приходит сама к нему на помощь и после слов "сколько поэзии в этих порывах" добавляет:

— Вам не понять этого, дитя мое!

После этого ее должна понять даже и оглобля.

Но, конечно, такого рода излияния происходят в тайне, один на один, при закрытых дверях. Посторонние, взирая на Милочку и ее супруга в то время, когда они делают свою праздничную прогулку, все еще думают не без зависти:

— Боже мой, как они счастливы!

И посторонним очень трудно узнать каким способом Милочка наполняет свою душевную пустоту, ибо Милочка осторожна и боится пуще всего скандала. Да притом она прекрасно знает, что харч по нонешним временам стал удивительно дорог, а Кока жертвовать чем—либо существенным не привык. Кока любит только общедоступные увеселения, от которых можно отделываться не более, как двугривенным. Брать же на свою шею женщину — ф—фу, это, знаете ли, очень скучно! Да, впрочем, и Милочка (в большинстве) смотрит на своего Коку точно так же, как на бирюльку. И она в свою очередь не балует его какими—либо жертвами. В этом отношении они вполне достойны друг друга.

* * *

Ночь. Луна. Звезды. Милочка и Кока сидят в саду на зеленой скамье в тени липы. Милочка — весьма миловидная дамочка с кудряшками, Кока — молодой человек, два раза державший экзамен в ветеринарный институт. Сначала они оба сидят в молчании и только вздыхают. Затем Милочка слегка раскачивает станом и говорит:

— Дитя мое, вы любите п—г—и—году?

Милочка в обыкновенных разговорах прекрасно выговаривает все буквы алфавита, но теперь она начинает усиленно картавить и букву "р" выговаривает как "г". Вероятно, это происходит с ней от избытка чувств.

— Вы любите п—г—и—году, дитя мое? — повторяет она, слегка раскачивая станом не без грации.

Некоторое время "ее дитя" безмолвствует, приподымая брови и усиленно о чем—то припоминая.

— Природа хороша, — наконец говорит он басом и торопливо, точно припомнив урок, он через секунду добавляет:

— Но вода зеркало природы... То есть душа! — почти вскрикивает он басом, но сейчас же сконфуженно поправляется: — То есть зеркало!

В то же время ему кажется, что в глазах его собеседницы скользит что—то вроде насмешки и, еще более конфузясь и теряясь, он шепчет:

— Вода — зеркало... то есть глаза, — он умолкает вновь, и на его лбу от напряжения выступают крупные, как горох, капли пота.

Милочка раскачивает станом.

— Гуаза? — картавит она. — Гуаза, ах, как это красиво! А лес, любите ли вы, дитя мое, лес? — добавляет она с кокетливой гримаской.

Лицо молодого человека оживляется.

— Вид Полесья, напоминает вид моря, — басом говорит он, припоминая хрестоматию.

Он на минуту умолкает, затем как—то пыхает всею грудью и продолжает:

— Та же первобытная, нетронутая сила расстилается широко... широко и державно перед... державно...

— Не т—г—онутая си—у—а, — картавит Милочка, — как это красиво!

И она шевелится на своей скамье таким движением, что ее юбки задевают колени Коки.

У того подкатывается к сердцу какой—то клубок, а Милочка томно говорит:

— Вы понимаете, эти неясные по—гы—вы, дитя мое, эти ст—г—емления ввысь.

И ее юбки снова касаются колен Коки. Он ощущает даже своим локтем теплый ее локоток и с трудом переводит дух. Глаза Милочки подергиваются влагой; ее локоток жмется теснее к локтю Коки. Кока думает:

— Обожгусь или не обожгусь?

Из груди Милочки вырывается многообещающий вздох. В саду тихо. По влажной траве меж кустов ползают тени, раскачиваясь взад и вперед равномерным движением маятника.

— Обожгусь или не обожгусь? — думает Кока, с каплями пота на лбу и чувствуя, что клубок растет под его сердцем, стесняя дыхание.

Многообещающий вздох повторяется.

Бледный, как мертвец, месяц неподвижно стоит над садом, с недоумением глядит на скамью и с недоумением думает:

— И вот что они стали называть любовью?..

КАЮТА No 6

Я лежал больной и измученный до последней степени, а он сидел у моего изголовья и говорил мне, порою прерывая свой рассказ резким хохотом, мучительно сотрясавшим мое сердце.

Он говорил:

— Та или другая, эта или вот та, — не все ли равно? Клянусь сатаною! Все женщины похожи одна на другую, как французские булки, изготовленные одною и той же пекарней. Ха—ха! Каждый цветок имеет свой запах, а женщины — это еще большой вопрос! И если мы любим и желаем, вот именно эту, а не ту, так это только потому, что все зависит от точки зрения и от того настроения, которое в нас вливает неведомо кто. Потрудись взглянуть на хрустальные подвески вот этой самой люстры. Не все ли они одинаковы до утомительности? А между тем мне с моего места блещет всеми цветами радуги лишь вот та, а тебе, с твоей постели, только вот эта. И мы глядим каждый на свою подвеску и думаем:

— Вот единый на земле алмаз, способный перевернуть весь наш разум вверх тормашками. Все же остальные подвески — стекляшки в грош ценою!

Но попробуем переменить наши позиции: я лягу вот сейчас на твою постель, а ты попробуй занять мое кресло. Видишь? О, ужас! Теперь ты уже влюблен без ума, без разума в мою подвеску. Слышишь ли, в мою! А я — в твою! Только она единая горит теперь передо мною, как наидрагоценнейший алмаз! Все остальные подвески — дрянь и ничтожество. Отдай же мне ее, эту твою! отдай, отдай, — иначе я перерву тебе горло. Клянусь сатаною!

Ха—ха! Все это было бы смешно, когда бы не было так глупо. А

87

сколько разыгрывается трагедий вот, именно, на этой почве! Однако, слушай. Сейчас я расскажу тебе об одном глупом случае, натолкнувшем меня на эти мысли. Каюта No 6, каюта No 9, — не все ли это равно? Впрочем, продолжаю.

Любил ли я эту женщину, такую грациозную и такую стройную, с милой улыбкой девочки на милых губах, — клянусь всем существующим, об этом я решительно ничего не знаю. Любил! Что означает это слово? Разве же это не загадка для всех нас?

С достаточной ясностью я знаю только одно; я знаю, что эта женщина, с первой же моей встречи с нею, залезла в мое сознание помимо моей воли и расположилась там, как дома, со всем багажом всех своих улыбок и всех своих взоров, то бесконечно ласковых, как майское солнце, то безнадежно мертвенных, как полярные льды. Эта женщина как будто сняла себе квартиру под крышкой моего черепа, и никакими мерами я уже не мог выселить ее оттуда. Бррр, как это было мучительно! Она вся облеклась в меня, как гусеница в свой кокон, и я всегда и всюду ощущал ее в себе, как мучительную ношу, к которой меня приковали неведомо за чьи грехи.

Я вставал с постели с мыслью о ней, ложился спать, вспоминая о ее улыбках, работал, мысленно повторяя ее имя. Ее имя? Боже мой, оно звучало музыкальнее всех опер всего мира. А когда я прислушивался сквозь окна моей комнаты к шуму ветра на улице, мне приходило на мысль:

— Это шуршат в моем черепе складки ее проклятых юбок!

Ее проклятые юбки! Они прикрыли меня от всего мира, будто непроницаемым колпаком, из—под которого выкачали весь воздух. И я задыхался там в судорогах, как безмозглая мышь, не имея никаких средств вырваться оттуда.

А, чтобы побрал чёрт все эти глупейшие страсти! Никто, как я, не питает к ним такого глубокого презрения, и никто, как я, не подчиняется им так нелепо, до попрания всего существующего. Ха—ха! Клянусь сатаною!

Ты позволишь мне выпить стакан воды? Вот так. Благодарю.

Ты спросишь меня: знала ли она, эта женщина, о моих чувствах к ней?

Да, знала, хотя я не говорил ей о них ни полслова. Она знала. Каким мешком возможно прикрыть землетрясение на Мартинике? А наши страсти, разве же это не величественные катастрофы духа нашего, забрасывающие несовершенные тела наши выше облаков?

Ты спросишь: любила ли меня эта женщина? Не знаю. По всей справедливости, не знаю. Я знал тогда хорошо только вот что: я знал, что если нас постигнет нехороший случай, нам несдобровать. — Ни за какие блага! Но, однако, она не желала этого случая; она боялась его вот совершенно также, как маленькая и невинная птичка боится зеленых глаз жадной змеи.

Между тем случай этот услужливо подошел к нам сам своей персоной.

Как—то вскоре мне привелось ехать по Волге вниз по течению. Я ехал не один: я провожал женщину, женщину, казавшуюся мне когда—то милой и славной, но которая, однако, уже давно выдохлась для меня, как флакон духов, исчерпанный до его последней капли. И она знала об этом, эта женщина. И она хорошо знала также, что я провожу ее только до Саратова с тем, чтобы не встречаться уже более никогда в жизни. Она ехала отдельно в каюте No 9, и слушая мои изысканно—любезные речи, она вяло улыбалась мне в ответ и порою, покачивая ножкой, с грустной иронией напевала:

— Что прошло, не возвратить!

В ее голосе в то же время слышалось более иронии, чем грусти, и я понимал, конечно, что и я для нее выдохся в значительной степени.

Между тем, в тот же вечер, а именно, в десять часов, где—то у берегов Вольского уезда, я неожиданно натолкнулся на палубе на ту! На ту женщину! На ту самую, которая сняла себе квартиру без моего ведома под крышкой моего черепа. Ту, которую я любил больше жизни. Можешь себе представить, что это была за встреча! Мы испугались и побледнели. А затем я сухо пожал ее руку и нашелся сказать ей только то, что я всегда очень любил и уважал ее мужа. Она оглядела меня после этого тоже с сухим недоумением и тотчас же поспешила сообщить и мне с деланной любезностью, что и она всегда очень и очень симпатизировала той самой женщине, с которой она видела меня в ложе зимою.

— Она очень и очень интересна! — повторяла она с таким выражением, точно говорила мне невозможные дерзости. А затем мы тотчас же расстались, торопливо убегая друг от друга на противоположные стороны палубы. Однако, желая отбросить камень на аршин, мы употребляли с нею, видимо, столько усилий, точно хотели зашвырнуть его на луну, почему мы и встретились снова в весьма непродолжительном времени. Мы снова испугались и удивились этой встрече, точно не желая знать о том простом обстоятельстве, что если два человека на одной и той же палубе повернут друг другу свои спины, то они встретятся непременно и тем скорее, чем быстрее будут они убегать друг от друга. Отдав дань должного изумления перед таким нелепым законом природы, мы, тем не менее, уже остановились рядом, видимо, непреложно приняв, как закон Коперника, вот именно, то обстоятельство, что два человека на этом пароходе спрятаться друг от друга никак не могут. И мы тотчас же с воодушевлением заговорили о прошлогоднем походе англичан против сумасшедшего муллы. Я говорил очень горячо, так что можно было подумать, что я состою с этим сумасшедшим муллою в самом ближайшем родстве. Впрочем, из всего этого разговора о походе англичан я успел запомнить только три обстоятельства: 1) что эта женщина ехала со мною лишь до Вольска; 2) что пароход приходит в Вольск в 12 часов ночи, и 3) что едет она одна в каюте No 6.

Когда мы исчерпали наконец весь наш разговор о сумасшедшем мулле, все мое существо уже громко кричало на весь пароход:

— Каюта No 6, каюта No 6, вот в чем вся жизнь.

И слушая шелест волны у борта парохода, я думал:

— Это шелестят в моем мозгу ее юбки! Ее бесконечно милые юбки!

Между тем каюта No 9 ушла к себе на покой только в 11 часов вечера. Только в 11 часов! Ровно за час перед тем ужасным моментом, когда каюта No 6 должна была исчезнуть от меня надолго, на очень долго, может быть, навсегда. И ровно же в 11 часов я нагнал эту без сравнения милую каюту, эту каюту N® 6, на корме нашего парохода. Я схватил ее за руки, припал к ним, стал целовать. Впрочем, не целовать! Стал пить с них блаженство, которое дается только в награду за бесконечные муки! За бесконечный позор живого человека, превращенного волею любви в кокон для всепожирающей гусеницы. И я видел, в каком неописуемом счастье просветлело вдруг все это склонившееся ко мне личико, просветлело снизу вверх, будто озаренное светом, исторгнутым внезапно ее широко раскрывшимся сердцем. Она зашептала:

— Ты любишь? Ты так много страдал? Как это случилось с тобой? И что подумает об этом сумасшедший мулла?

Сумасшедший мулла, сумасшедший мулла! За что только посылают на голову человека такие нестерпимые муки?

Я чувствовал, что все мое лицо дрожит от мучений, будто в смертный сон повергающих мою душу, и, прикладывая ее руку в сладкой жажде к моим губам, к моим глазам, ко всему лицу моему, я говорил ей, словно терзаясь в пытке:

— Целую руки эти моим осязанием, моим зрением и слухом, всеми моими чувствами, благосклонно дарованными мне небом ради любви к тебе! К тебе одной! К тебе единственной на всей земле!

Она склонялась ко мне, вся содрогаясь, и тяжко содрогался весь пароход, сотрясаемый чудовищной работой машины, как ударами переполненного сердца. Наконец она вырвалась от меня и, слегка покраснев лицом, с глазами, сиявшими всеми радостями жизни, она шепнула мне:

— Половина двенадцатого! В каюте No 6. Ты не забудешь?

Она исчезла, скрываясь в полумраке палубы. Во мне все громко повторяло:

— Половина двенадцатого. В каюте No 6. Ты не забудешь?

Да разве же можно забыть о лучшей радости всех радостей, о, легкомысленная женщина!

Итак, за бесконечные муки, испытываемые мною в продолжение более чем полугода, мне соблаговолили дать полчаса самого несуразного счастья. Можешь себе представить, с каким диким видом я выслушал милый шепот этой милой женщины? Ровно половина двенадцатого я стоял уже в полутемном коридоре, перед узенькой дверцей каюты. Ощущение бесконечного счастья, как горячий вихорь, приподняло меня и перекувыркнуло в моей голове мозг вверх тормашками. Я прочел на дверце каюты:

— No 6.

No 6! No 6! Что может быть лучше этой великолепной цифры?

Тихонько приотворив дверцу, я осторожно скользнул в каюту и

очутился в полнейшем мраке. Меня точно бросили на дно какого—то фантастического озера, благовонного и теплого, пронизывавшего все мое тело неиссякаемым блаженством. С усилием поборов мучительную спазму в груди, я выставил свою руку вперед и нашел пальцы, благодатные пальцы той. Сперва три, потом все пять. Почему на небесах нет такого созвездия? Пальцы любимой женщины? Почему?

Я рванулся вперед. В моей бедной голове все перепуталось до самого основания. Машина парохода заработала с удесятеренной энергией. Его будто закружило в диком водовороте, и я до сих пор удивляюсь, как эти могучие удары взбесившейся машины не вышвырнули нас вон из каюты, из каюты No 6, в мутные воды Волги.

Только мучительный свисток парохода, очевидно, уже подходившего боком к пристани города Вольска, вывел меня из этого нелепого сна. Я наскоро и горячо прикоснулся в последний раз к этим блаженным пальцам и выскочил из каюты в коридор. Выскочил, и о ужас! Лицом к лицу столкнулся с каютой No 6! С великолепной обитательницей этой каюты! Она двигалась по палубе по направлению к пристани, с дорожным саком в руках, растерянной походкой человека, оскорбленного до глубины души. Я увидел ее, и палуба парохода будто выскользнула из—под моих ног. Не веря своим глазам, я вскрикнул шепотом:

— Ты?

Она облила меня с головы до ног взором, полным презрения, и шепнула мне в лицо также, как и я:

— Ты?

Она взглянула мельком с выражением ненависти на дверь каюты, только что покинутой мною и добавила с отвращением:

— Из каюты No 9?

Она посмотрела куда—то в бок, вся содрогнулась как бы от мороза и прошептала вновь:

— Подлец!

И она ушла от меня. А и стоял, как болван, перед дверью покинутой мною каюты и теперь уже с совершенной ясностью читал на ней:

— No 9!

Мне стало понятным все. Когда я шел туда, к этой каюте No 6, мой разум стоял в моей бедной голове вверх тормашками, почему я и прочитал цифру 9, как цифру 6. Если ты любил когда—нибудь, ты меня поймешь, конечно же, а если ты никогда не любил так и до такой степени, то позволь тебя пожалеть от всей души. Между тем я вновь нагнал каюту No 6, ступавшую уже по сходням парохода и попытался объяснить ей всю нелепость случая, только что происшедшего со мною. Но в ответ на мою искреннюю исповедь я получил брезгливую гримасу, презрительное пожатие плеч и шепот, полный самого искреннего негодования:

— Так ты еще смеешься над женщиной? Н—негодяй!

А каюта No 9 благодушно уже спала в это время, блаженно полураскрыв ротик. Тотчас же по приезде в Саратов я хотел было застрелиться. Но меня вовремя остановили вот эти самые мысли. Я думал:

— Я был бесконечно счастлив в каюте No 9, потому что воображал, что нахожусь в каюте No 6. Следовательно, все каюты совершенно одинаковы, и дело совсем не в каюте, а в нашем воображении.

Ты понимаешь меня? Стоит ли себя мучить в бесполезных страданиях после всего этого? И я никуда уже не ухожу более от каюты No 9. Никуда! Стоит ли? Да и куда уйдешь? Ведь все равно же каюта No 6 существует только в нашем воображении! Клянусь сатаною!

СОВОКУПНЫМИ УСИЛИЯМИ

Помещик и земский начальник Маслобойников, пожилой господин с подстриженной бородой, сидит в своем деревенском кабинете, сосет толстейшую папиросу и беседует с земским врачом, случайно к нему завернувшим.

На лице Маслобойникова — серьезная дума, горделивое сознание всех своих бесчисленных заслуг перед народом и желание блеснуть красноречием. А врач — весь внимание. Он молод, только что со школьной скамьи, и ему любопытно послушать о деревенской жизни от местного деятеля. В кабинете пасмурно. В узкие окна льется тусклый свет осеннего дня. Это тусклое освещение делает всю расстилающуюся за окнами картину непривлекательной и даже порой омерзительной. Но тем не менее все лицо доктора, который изредка поглядывает в окошко, освещено удовольствием, так как то, что говорит Маслобойников, кажется ему весьма утешительным.

А Маслобойников сосет папиросу и говорит:

— И так вам совсем не к чему беспокоиться за будущие результаты вашей деятельности. Результаты эти будут благотворны. Мой опыт говорит вам: поверьте. Маслобойников делает крепкую затяжку, пускает дым под самый потолок и продолжает в том же тоне:

— Больной повалит к вам валом. Мужик уже достаточно просвещен. Он сознает свои юридические права и начинает верить в науку. Над деревней загорается новая эра, и деревня говорит вам, людям науки: "Придите и володейте мною. Я — ваша!" Если кое—где в холерные годы и били насмерть врачей, так это только по недоразумению!

Лицо Маслобойникова делается еще серьезнее и торжественнее, а по губам доктора бродит улыбка удовольствия. Маслобойников продолжает:

— Наша деревня — это уже не та ветхозаветная деревня, продававшая и покупавшая людей, верившая в приворот, оборотня и цвет папоротника. Все это отошло, слава Богу, в область преданий. Совокупными усильями всех просвещенных людей: начальников, учителей и родителей, родные пажити, то есть, лучше сказать, деревни... совокупными усильями... родные деревни...

Маслобойников подыскивает более подходящее выражение, прищелкивает пальцами и глядит на доктора. Тот радостно улыбается, а в прихожей рядом с кабинетом начинается в ту же минуту какая—то возня и раздаются возбужденные возгласы:

— Больно ловок!

— Да и ты бархатный!

— Это по четвертаку за пуд—то? Совесть, бесстыжьи глаза!

Когда Маслобойников и доктор, привлеченные шумом, появляются наконец в прихожей, они видят там три возбужденные фигуры: двух мужиков и бабу. Баба повязана громадным платком, безобразно покрывающим ее голову и перекрещенным на груди. Она стоит у самой входной, двери и при появлении начальства начинает усиленно кланяться частым и коротким поклоном. Начальству кланяются и мужики, успевая во время поклона облить друг друга возбужденными и негодующими взглядами. Один из этих мужиков бледен, сильно взъерошен и одет бедно. Другой наоборот румян, одет даже, пожалуй, нарядно и весь словно лоснится довольством.

— Вы ко мне? — спрашивает их Маслобойников. — В чем дело?

— Сделайте божескую милость! — всхлипывает баба и снова

начинает отсчитывать частые и короткие поклоны. Рваный мужик с негодованием оглядывает нарядного и говорит:

— Совесть, бесстыжьи глаза!

Тот отвечает ему взором полным презрения.

— Жулик, рваная дыра! — небрежно цедит он сквозь зубы.

— В чем ваше дело? — повторяет Маслобойников, оглядывая всех и слегка сердясь.

Рваный мужик весь выдвигается к нему.

— Продал я ему, вашеская б—родь, сена воз на вес. Сколько стало быть вывесит, — начинает он, с злым возбуждением кивая на нарядного.

— Ты мне не одно сено продал; ты и телегу продал; с телегой и весили, — перебивает его тот небрежно, встряхивая сильно намасленными волосами.

— С телегой же, а не с бабой! — яростно вскрикивает рваный.

— Нет, с бабой, ежели и она в сене была. То есть, в весе. Так понимать надо.

— Понял! — вскрикивает рваный. — Это ты—то так понял? Эх совесть! Понял! — снова передразнивает он его злобно. — Поняла жеребца кобыла, да про кнут позабыла!

— Вашеская бродь, к чему он меня сконфузит?

Нарядный не без достоинства разводит руками. Баба безмолвствует и только порою сморкается в подол юбки.

— Я что—то ничего не понимаю! — восклицает Маслобойников.

— Продал я ему сено на вес, всем возом, сколько окажется, —

снова начинает возбужденно пояснять рваный. — И вывесил воз 18 пудов шашнадцать фунтов...

— Свесили мы сено, а из—под сена шмырк баба в потемочки и под амбар схоронилась, — перебивает рваного нарядный, — а я ее из—под амбара за ноги. Баба эта самая в весе была. Продал он мне ее, значит. Вместе с сеном и телегой. А теперь назад! Жулье, рваная дыра, — добавляет он презрительно по адресу рваного.

— Это девствительно. — Тот прикладывает обе руки к груди и сконфуженно моргает глазами. — Баба в сене для весу была... Мой грех. Для весу, а не для продажи. Это точно. Я ее под сено для этого посадил. Для весу. "Посиди, говорю, смирненько, Акуля, под сеном, все воз—то поболе вытянет!" Для весу, а не для продажи. Это моя вина!

— Неужели бабе четвертак с пуда цена? Вашеское благородье, божеская милость! — всхлипывает баба у порога.

— Мне баба и самому нужна, — поддерживает ее рваный, — я мужик свежий!

Он умолкает, и на его лице ярко написано смущение неуверенного в своих правах человека.

Нарядный брезгливо пожимает плечами. Лицо его наоборот совершенно спокойно и видно, что он ни на минуту не сомневается в законности своих претензий.

— Свежий, так зачем продаешь? — цедит он небрежно.

— Я сено продавал...

— Нет, и бабу, если и она в сене была. Я всем возом покупал. Деньги получай, а баба моя.

— Это по четвертаку за пуд—то? — вскрикивает баба.

Нарядный небрежно косится и на нее.

— Деньги получай, а баба моя...

— Я мужик свежий... — несется почти слезливо.

— У меня свидетели. Уговор помнишь? Всем возом продавал. У меня свидетели. Помнишь?

— Помнишь? — с яростью передразнивает его рваный. — Помнишь? Вспомнил бабий хвост, когда пост, да после разговенья! Помнишь? — вскрикивает он резко.

— Ваше благородие, к чему он меня сконфузит?

Маслобойников глядит на всю эту группу возбужденных людей уже совсем враждебно и сердито перекашивает брови. Лицо доктора начинает походить на лицо удавленника.

— Нешто бабе четвертак с пуда цена? — опять спрашивает баба у двери. — На мне шуба, на мне сарафан, на мне шаль... Эх, ты ярыга, ярыга...

— А ты Никандровскую солонину помнишь? — внезапно наскакивает рваный на нарядного, с лицом искаженным яростью.

— Ваше благородье, к чему он наносит оскорбление действием? Я даже и у начальства на матерном замечании отроду не был.

Вся прихожая наполняется гвалтом, в котором нельзя более уловить ни единого слова. Баба плачет:

— Четвертак с пуда. Баранья солонина и та четыре копейки фунт...

Лицо Маслобойникова все надувается и краснеет. Доктор хочет что—то говорить, чтоб разъяснить всю эту невообразимую путаницу, но чувствует, что он говорить не может. Он может только заикаться.

— Рассыльный! Сторож! — вдруг взвизгивает Маслобойников неистовым голосом. — Вон их отсюда!

Прихожая пустеет.

Через полчаса доктор и Маслобойников вновь сидят в кабинете. Маслобойников сосет папиросу и с прежней торжественностью продолжает прерванный разговор.

— Совокупными усильями всех просвещенных людей: начальников, учителей и родителей, ведущих всех к познанию блага, родные пажити или нивы... то есть веси... совокупными усильями...

Но лицо доктора мрачно и серо, точно из него выпили всю кровь. Угрюмо он косится на крюк, к которому подвешена громоздкая лампа и угрюмо размышляет: может ли этот крюк выдержать тяжесть человеческого тела, или нет?

ЭТОЙ НОЧЬЮ...

(Рукопись неизвестного)

Человек — это самосознание природы.

(Кажется, из Э. Реклю).

...Этой ночью со мной произошел вот такой неприятный случай.

Среди ночи я внезапно проснулся в тоске и беспокойстве. Мое внимание сразу же сосредоточилось.

Поглядывая в потолок, я старался припомнить что—то, о чем — я и сам не знал.

Разве я забыл что—нибудь сделать сегодня? Что ни будь очень важное? Но тогда что именно?

Я напрягал мысль и память, силясь разорвать ту неприятную пелену, которая обволакивала мой мозг.

После нескольких таких попыток в моем сознании будто затеплился путеводный огонек. Но лишь на одну минуту.

Затеплился и погас, как фосфорический жучок среди ночного мрака.

Мне стало жутко и тяжело.

Я прислушался.

Через две комнаты я хорошо расслышал спокойное дыхание жены и детей.

Я подумал:

— Они спят. Все... А я? За что меня хотят вести на мучения?

Кто? Мне стало жалко самого себя до боли, но после минутного размышления я привстал с постели и тихонько стал одеваться.

Так же осторожно я прошел в кабинет и зажег на столе лампу. Газетный лист — вот что я увидел тотчас же на моем столе. Я взял его в руки. И сразу же прочел вот это слово:

— Казнь.

Газета сильно заколебалась в моих руках.

Однако тот шрифт, которым было изображено это слово и, место, на котором оно было оттиснуто, тут же зародили во мне некоторые подозрения.

Дело в том, что таким шрифтом и на этом месте обыкновенно печатают название города, из которого отправляется телеграмма.

А у нас, разве есть такой город:

Казнь?

Где?

Я еще раз заглянул в газету и теперь прочитал уже в нескольких местах напечатанное тем же шрифтом:

— Казнь.

— Казнь.

— Казнь...

Так у нас много городов с таким именем? Разве?

Газета снова содрогнулась в моих руках. А я приблизил ее вплоть к огню лампы, широко раскрывая глаза.

Угол того листа даже пожелтел от жара, и на этот раз вместо слова Казнь я прочитал уже Казань.

В нескольких местах:

— Казань.

— Казань.

— Казань...

Итак зрение меня обмануло.

Но когда: тогда, или теперь?

Кто мог бы разрешить мне это?

Я на минуту задумался.

В моей груди будто кто—то прыгнул больно толкая сердце. И из моего горла вырвался стон.

Жена проснулась в соседней комнате и, зажигая свечу, окликнула меня.

— Ты что? И разве все еще не спишь?

Я пошел к ней с газетой в руках.

— Прочти мне вот это слово, — проговорил я просительно, указывая на газету,

— Которое?

— Вот это!..

Жена взглянула на меня с недоумением, но тотчас же прочла:

— Казань.

— А это?

— Казань.

— И это?

— Тоже Казань. А что?

— А мне показалось, — проговорил я с болью ощущая, что улыбка растягивает мой рот, — а мне показалось...

Я не договорил.

Кто—то снова больно прыгнул в моей груди, толкнув сердце.

И я расплакался.

Цветы плачут дважды в день: утром и вечером. Этим они похожи на женщин и детей.

Но лед плачет однажды во всю свою жизнь.

И всегда перед смертью.

Жена тоже впервые видела мои слезы. И она хотела послать за доктором.

Но я ее успокоил:

— Это со мной пройдет!

Я долго не мог заснуть после этого случая. И мне все казалось, что две женщины в черном сидят у моего изголовья и попеременно шепчут в мои уши:

— Отчего люди так первобытно жестоки?

— Отчего?

* * *

Сегодня в те часы, когда я был на службе, трое из сослуживцев справились о моем здоровье.

— Отчего вы так желты?

— Не болит ли у вас печень?

А дома за обедом жена и дети заглядывали в мое лицо с некоторым беспокойством и тревогой.

Это мне не нравится,

Я боюсь, что они будут мешать мне думать так, как хотелось бы.

Чтоб оградить себя от этого, тотчас же после обеда я сказал, что хочу несколько отдохнуть.

И ушел к себе в кабинет.

Скинув пиджак я улегся в постель, весь съёживаясь. Накрыв голову пиджаком, я все думал, думал и думал.

Безотрадные мысли летали над моею головою как черные птицы. И порой опускаясь, больно царапали мозг острыми когтями.

О, черные птицы!

О, мой бедный мозг!

* * *

Думаю и думаю.

Необходимо остановить нарастание ненависти, иначе вся земля превратится в кровь и пепелище.

Но чем возможно остановит дикое шествие жестокости и злобы?

Какими мерами рассеять их ядовитые семена?

— Ка—ки—ми?!

Чем?

Я хорошо знаю лишь одно:

Акты ненависти и злобы, направленные как средства борьбы с ненавистью и злобой, всегда дают совершенно обратные результаты. И совсем не те, которые от них ожидают.

Думая рассеять ими напряжение ненависти, мы лишь сгущаем ее. Д—да!

В природе всегда выходит вот это:

Вино делается еще хмельнее, если в него вливают спирт.

Пламя пожара вздымается выше, если его тушат... нефтью. И если на борьбу со змеями высылают змей, в итоге получают лишь удвоенное количество змей.

И более ничего!

Любовь. Милосердие.

Вот два волшебных цветка, от прикосновения которых яд, извергаемый змеею, скатывается чистейшей слезою.

Но я чувствую. Сейчас вы зададите мне самый ужасный вопрос:

— А какими доказательствами ты подтвердишь свою мысль?

Какими доказательствами? Вам они нужны?

О, маловеры! Вы всегда верите лишь чуду!

Если бы я мог совершить чудо!

Если бы...

Думаю и думаю.

Громко стонал, бегая по кабинету:

О, если бы я мог совершить чудо!

А почему однако я не могу совершить чуда?

— Почему?

Кажется Реклю сказал:

— Человек — это самосознание природы!

Следовательно?

Следовательно, если внутренний голос говорит мне: "дерзай!" значит природа желает через меня проявить один из еще необъяснимых своих законов. Не так ли?

— Дерзай!

Первое условие чуда — непоколебимая вера в полную возможность его исполнения. Ибо эта вера, по Реклю, есть инстинкт природы.

Вы говорите:

— А какими доказательствами подтвердишь ты свою мысль?

Не дразните меня! А что если я докажу?

— Докажу!

Как простейшую теорему!

Однако пора идти на службу. Впрочем сегодня я никуда не пойду.

— Никуда

Ни шагу от сверкающих мыслей! Широкие, пусть они мигают передо мною как лучезарные зарницы,

— Пусть! Пусть!

Все думаю.

Этой ночью, пока все домашние спали, я тихо прошел к себе в кабинет и, растворив настежь окно, глядел с высоты пятого этажа на сонный город.

Тихий гул, похожий на шумное дыхание огромного сонного животного, приносился ко мне тяжелой волною, а я смотрел на сумрачную улицу и все думал и думал. Думал:

Чем подтвердить мне истину вот той мысли моей? И как остановить мне косу жестокости, ненависти и злобы?

— Как? Чем?

Я выставил лицо мое в окно и заглянул в самую глубину неба.

— Ответь мне! — воскликнул я в тоске и мученьях. — Ответь мне!

Мои щеки пылали.

— Ответь! Ты — чистейшая скрижаль вселенной! Ответь!

И вдруг я испуганно отскочил от окна.

Будто горячее дыхание вселенной коснулось моего взбудораженного лица, и я явственно услышал:

— Исполни. Человек самосознание природы. Через него одного я познаю вечные законы мои. И это я говорю тебе: "Исполни!" Исполни, дабы стать торжеством опыта или его жертвой!

— Жертвой?

Мое сердце заколотилось с невероятной силою, и будто горячая буря заколебала мое сознание.

— Да будет так, — прошептал я изнеможенно, как после припадка жестокой лихорадки.

Да будет так!

Я затворил окно и лег спать. Но не спал.

Итак решено. Я отдаю себя во власть вселенной ради торжества человека. Мой меч и мои латы — любовь.

Мое свидетельство — чудо.

Однако надо подготовить себя для подвига молитвой и воздержанием.

Молюсь вот уже три дня.

Свет любви растет и ширится в моей груди, наполняя сердце мое неизъяснимым блаженством.

Поддержите же меня, о светозарные гении, да не преткнусь я о камень ногою!

Гении! Гении!

Опять молюсь и молюсь.

Жена не нарадуется на меня. Еще сегодня она спрашивала меня:

— Отчего твое лицо стало таким светлым и чистым?

И тени беспокойства не появляются более на ее лице.

Приятель вчера сказал мне:

— Ты точно каким—то новым мылом стал умываться. И это к тебе ужасно как идет. Ты все хорошеешь, черт тебя подери!

А я?

— Молюсь и молюсь!

Однако не пора ли приступить к исполнению возложенного на

меня? Страницы бумаги, которые я сейчас перелистываю, благоговейно шепчут мне:

— Исполни!

— Исполни!

Итак этой ночью...

Этой ночью, когда все домашние уснут, я растворю окно кабинета и, став ногами на подоконник, на высоте пятого этажа, я смело шагну с подоконника в пространство.

И любовь к людям поддержит меня над бездной, как свое лучшее знамя. Вот мой аргумент и доказательство.

Этой ночью...

И повиснув над бездной, я скажу людям:

— Вот мое оружие и свидетельство истины! Это я сам, неподчиняющийся законам тяжести!

Итак, этой ночью!

Благодатные волны света будто качают мое тело, и я не чувствую прикосновение моей руки ко лбу.

Словно плоть и кровь моя стали волокнами предрассветного тумана.

О, любовь! О, неизъяснимое блаженство любви!

Этой ночью...

* * *

P. S. От издателя. Тотчас же после этих слов, и несколько ниже, на листке почтовой бумаги, на которой написана и вся выше приведенная рукопись, наклеена вырезка из газетной хроники следующего содержания:

— Этой ночью покончил самоубийством архитектор П., проживавший по Калитиной улице в дом 38. Покойный выбросился на улицу из окна квартиры своей с высоты пятого этажа. Смерть последовала мгновенно. Причины самоубийства неизвестны. После покойного остались жена и дети.

Как удостоверяет дворник, дежуривший у ворот дома напротив, покойный прежде чем выброситься из окна, что—то кричал, размахивая руками и как бы желая созвать народ. Содержание же слов покойного дворник передать отказался отнекиваясь своей безграмотностью.

Вот эта газетная вырезка.

Вместе с тем еще ниже ее кем—то приписано резким и крупным почерком несколько строк.

Приписка эта гласит:

— Автор рукописи, теперь уже покойный, недаром сослался на мысль Реклю — человек это самосознание природы. Эта мысль и нам кажется совершенно верной. Однако что же сказала нам тогда божественная природа всем этим несчастным происшествием с покойным? То ли, что никакого нового закона тяжести быть не может?

Или же только то, что не всякий способен стать Ньютоном, открывающим новые законы?

И этим приписка оканчивается.